13 KRÁTKÝCH POVÍDEK

Cathy McGough

Stratford Living Publishing

CO ŘÍKAJÍ ČTENÁŘI…

VÍNO DANDELION

U.S.

„Pampeliškové víno je povídka s dobrým pocitem, ačkoli epilog ve mně vyvolal trochu smutek z toho, jak se věci mění. Bylo docela příjemné krátce navštívit dobu, kdy bylo všechno jinak.

„Krátký, milý příběh na cestě vzpomínkami k prostému životu v adylickém letním dni."

NEJJASNĚJŠÍ HVĚZDA

„Láska nikdy nezklame. Život lásky Lindy a Williama je shrnut v tomto krátkém příběhu. Příběh o zklamání a boji a zároveň o tom, jak si přes to všechno udržet lásku."

MARGARETINO ZJEVENÍ

Kanada

„Tuto novelu jsem začala číst během několika minut po jejím zakoupení, a jakmile jsem začala, musela jsem ji dočíst. Tento příběh se mi opravdu líbil. Je dobře napsaný a člověk si nemohl pomoct, aby s hlavní hrdinkou nesoucítil. A z překvapení na konci mi spadla čelist.“

DARRYL A JÁ

U.S.

„Strašidelný. Krátký hořkosladký příběh o tragédii jedné ženy a její snaze vyrovnat se s ní v těhotenství.“

VELKÁ BRITÁNIE

„Skvělý příběh. Výborné emoce. Opravdu jsem soucítila s Cath a Darrylem.“

SLUNEČNÍK A VÍTR

USA

„Sci-fi ve své nejmodernější a nejaktuálnější podobě. Krátké dobré čtení.“

„Autorka spřádá nápaditý sci-fi příběh míchající nebezpečný vítr, létající deštník, točící se zelenou láhev a další. Krátký příběh s rychlým dějem.“

Indie

„To je ale napínavá jízda! Děj plyne superrychle a psaní je konzistentní a plynulé. Nějak mi to připomnělo Jeroma K. Jeroma a Tři muže ve člunu.“

VELKÁ BRITÁNIE

„Matka špatných víkendů se setkává s mimozemšťanem. Se suchým vtipem napsaný bizarní příběh, v němž vystupuje mimozemšťanský masivní zelený objekt, deštníky a zbraně. Vysoce nápaditý, ne-li bláznivý příběh, který vás upoutá až do poslední stránky. Plný počet bodů za tvůrčí fantazii, Cathy McGough. Možná se budete smát nahlas a rozlít si kávu."

PŘÁNÍ SMRTI

U.S.

„Přečetla jsem ji včera večer za půl hodiny, když jsem šla spát. Bylo mi smutno za toho muže, který měl pocit, že jeho život nemá smysl. McGough vede čtenáře až na samý okraj, a i když už je za bodem, odkud není návratu, netušíte, jak to dopadne. Skvělý příběh ke čtení o přestávce na oběd nebo na kávu."

„Líbila se mi kreativita Cathy McGoughové, s jakou vytvořila krátkou novelu o dvaceti stranách s velkou životní změnou jednoho muže, který nedokázal najít svůj životní cíl."

„Tuto knihu jsem měla v KIndle už nějakou dobu, ale když jsem se konečně rozhodla ji přečíst, neodložila jsem ji, dokud jsem ji nedočetla. Ačkoli se jedná o velmi krátké čtení, děj i postavy jsou plně rozvinuté. Líbila se mi."

„Čte se to jako epizoda Příběhů z krypty nebo Zóny soumraku."

„Líbila se mi a při čtení jsem se ptala PROČ? Když jsem se to dozvěděla, byla jsem zděšená, něco takového je moje nejhorší noční můra."

SPOJENÉ STÁTY A VELKÁ BRITÁNIE

„Autor umně využívá vnitřního monologu postavy, aby odhalil její život a rozhodnutí, se kterým se potýká. Chytlo mě to až do konce. Tento obratně vyprávěný příběh je velmi zábavné čtení a vřele ho doporučuji."

OBSAH

DEDIKACE   IX

PŘEDMLUVA   XI

1. VÍNO DANDELION   1

2. NEJJASNĚJŠÍ HVĚZDA   17

3. MARGARETINO ZJEVENÍ   25

4. SLUNEČNÍK A VÍTR   43

5. DARRYL A JÁ   85

6. PŘÁNÍ SMRTI   135

7. NA SHLEDANOU!   155

8. POUZE DVACET   165

9. PANDEMIC BOY   177
   (PANDEMICKÝ CHLAPEC)

10. NÁVŠTĚVNÍCI   181

11. DOMOV — 185

12. VRAŽDA — 203

13. SANS MASQUE — 209

DĚKUJEME! — 217

O AUTOROVI — 219

TAKÉ OD… — 221

DEDIKACE

PRO DIANNE

PŘEDMLUVA

Vážení čtenáři,

Tato sbírka povídek obsahuje šest mých čtenáři oblíbených povídek a sedm nových povídek, které jsem napsal během pandemie.

Říká se „pryč se starým a dovnitř s novým", ale já říkám, podívejme se na to z celkového pohledu.

Šťastné čtení!

Cathy

VÍNO DANDELION

Psal se rok 1967 a léto už pomalu končilo, když jsem táhl svůj rozvrzaný červený vůz po oblázkové slepé cestě. Klapot kol mého vozu byl lidem na naší trase povědomý.

„Pěkný den na procházku," říkával jsem.

„To rozhodně je. Teď si užijte hezký den," odpovídali mi.

Když jsme s kamarádkou Sandrou měly štěstí, přinesli nám ledovou vodu, kolu nebo limonádu. I když jsme nebydlely poblíž, většina z nás se k nám chovala vlídně. Většina, ale ne všichni majitelé domů.

„Nebuď otravná," říkal mi vždycky táta a já nebyla. Vždycky jsem si hleděl svého. Nesnažil jsem se na sebe upozorňovat. Mohl jsem si pomoct, když skřípala kolečka?

Byla jsem holka s cílem, takže mi bylo jedno, že mě bolí ruce, i když jsem si přála, aby rostly rychleji. Nezáleželo na tom, když se vozík převrátil ve výmolu nebo když se skutálel do příkopu.

Přesto jsem myslela na tu bláznivou ženu v jednom z domů. Děsila jsem se, že půjdu sama kolem jejího domu.

Při jiných návštěvách na nás křičela, že nic neděláme. Nebo nám nadávala. Jednou dokonce poslala ven svého psa, který slintal a štěkal. Ten čokl chránil silnici, jako by byla součástí jejího pozemku. Podíval jsem se na střechu, kde ve větru vlála stará kanadská vlajka. Někteří říkali, že odmítala vyvěsit novou vlajku s velkým javorovým listem. Z ní a jejího psa jsem měl husí kůži.

Dech se mi zrychlil, když jsem se blížil k obávanému domu. Protože to byla slepá ulice, nezbývalo mi než projet. Zastavil jsem se a ohlédl se, jestli Sandra nepřijde. Zatím po ní nebylo ani stopy.

Pak jsem si vzpomněla, že mám v kapse babiččinu králičí nožku pro štěstí. Dodala mi odvahu. Oběma rukama jsem táhla vůz a spěchala dál.

Věděla jsem, že je tam stará paní Macguirová. Nemusela jsem ji vidět. Mohl jsem ji cítit. V domě nalevo, za záclonami. Dívala se na mě zlým pohledem. Nesnášela děti, všechny děti.

O pár domů dál jsem málem zakopla o tkaničku. Než jsem si dřepla, abych si ji znovu zavázala, ustála jsem vůz. Přitom jsem se ohlédla přes rameno a viděla, jak se záclony škubou. Teď už na tom nezáleželo. Byla jsem mimo dosah jejích zlých očí.

„Hej, počkej! Počkej nahoře!" zvuk hlasu mé kamarádky doprovázel její sandály, které se spojily s kamenitou cestou.

Konečně to moje nejlepší kamarádka zvládla. Sandra vždycky chodila na všechno pozdě.

Otočila jsem se jejím směrem a sledovala, jak běží kolem domu staré dámy Macguireové. Když ke mně doběhla, byla zadýchaná. Padly jsme si do náruče. Obě jsme bezpečně proběhly kolem příbytku staré čarodějnice.

„Už bylo na čase!" Řekl jsem trochu netrpělivě, když jsme se rozešli.

„Promiň, měla jsem povinnosti a máma byla rozhodnutá mi vyčesat vlasy. Říkala, že dělám veřejnosti ostudu!"

„Máš hezké šaty," řekla jsem a všimla si záhybů a mašlí, které zdobily dvě přední kapsy. Byly hezké a naprosto nevhodné na trhání ovoce.

Sandra se jednou rukou chytila za půlku rukojeti vozu a druhou si přitiskla přední díl šatů. „Nesnáším růžovou," řekla.

Její ruka vedle mé dokonale zapadla a my jsme mohly táhnout vozík vedle sebe s lehkostí.

„Máma mě donutila slíbit, že se cestou domů zastavím v obchodě na rohu a koupím bochník chleba." Sáhla do kapsy: „Vidíš, dala mi čtyřiadvacet centů plus pětník, abychom si mohly rozdělit banánový nanuk."

„Tak to se máme na co těšit." Banán byl naší oblíbenou příchutí.

Pokračovaly jsme v chůzi. Někde za námi zaštěkal pes.

„Abych dostala peníze na nanuky, musela jsem si vzít tyhle pitomé šaty."

„Nejsou hloupé," řekla jsem lživě a přála si mít vlastní hezké šaty, které bych si mohla obléknout v den, kdy není kostel. Se dvěma bratry, jednou sestrou a dalším dítětem na cestě nebylo pravděpodobné, že bych si v dohledné době pořídila nové šaty.

„Viděla jsi ji?" zašeptala Sandra. Věděla jsem, že myslí starou dámu Macguireovou. „Cítila jsi na sobě dneska její zlé oko?"

„Ne, protože jsem si zkřížila prsty a oči." Lhala jsem.

„Dobrá myšlenka." Přenesla většinu váhy na svůj bok a zeptala se: "Chceš, abych tě na chvíli vystřídala a táhla?"

„Ne, mohla by sis ušpinit šaty." Sandra se ušklíbla. „Společně je to větší zábava," řekla jsem, když jsme procházely kolem domu pana Holidaye a pak dál kolem domu manželů Vydrových.

Téměř u cíle jsme ztichly. Jako nejlepší kamarádi jsme nemuseli pořád mluvit. Účel naší cesty byl společný a závisel na keřích *černého rybízu slečny Virginie Martinové. Kdyby bylo rybízu hodně, mohla by nám dovolit vzít si podíl. Kdyby bylo úrody málo, byla by naše cesta opět zbytečná.

„Už se nemůžu dočkat, až uvidím, kolik je tam ovoce," řekla jsem.

„Mám pocit, že budeme mít štěstí," řekla Sandra.

Zastavili jsme se a podívali se na dům slečny Virginie. Předzahrádka byla vždycky bezvadná, jako by vítr věděl, že má odpadky a listí neustále odfoukávat, aby jí nezaneřádily krásný trávník.

Odmalička jsem v domech vždycky hledala přátelské tváře. Máma říkala, že je to zvyk, ze kterého časem vyrostu.

Dům slečny Virginie měl neobvyklou, ale milou tvář se dvěma kulatými okny nahoře. Když byly žaluzie stažené do poloviny nebo úplně dolů, vypadaly jako oční víčka. Tento rys se lišil od všech ostatních domů, které jsem viděla.

Mezi očima vyrůstal nos. Nos z cihel. Rozdíl byl v tom, že tyto cihly stály nahoru, zatímco ostatní cihly byly na stranu. Běhal mi mráz po zádech, protože to vypadalo, jako by stavitel věděl, že prvek nosu vytváří právě pro mě. Vím, že to asi zní hloupě.

Pak na ústa dole, která byla vytvořena dvojitými dveřmi. Díky vitráži napříč to vypadalo jako řada zubů s rovnátky.

Ráda jsem stála a dívala se na dům, protože to bylo také místo, kde se dařilo přírodě. Smála jsem se při vzpomínce, jak divoce rostoucí břečťan někdy způsobil, že dům vypadal, jako by měl knír nebo plnovous.

Všiml jsem si, že Sandra si brouká Penny Lane. Broukala si vždycky, když se nudila. Beatles byli fajn, ale já měl raději Stouny.

Sandra si odhrnula světlé vlasy z obličeje, zatímco kolem ní bzučely mouchy, jako by její pot byl pozvánkou k rojení.

Uvolnil jsem sevření vozu a stoupl si na špičky, abych viděl přes plot. Doufala jsem, že tentokrát jsem dost vysoká, ale neměla jsem štěstí. Sandra to zkusila, protože byla o kousek vyšší, ale ani ona přes něj neviděla. Držel jsem vůz pevně, zatímco Sandra nasedla a snažila se vidět přes něj, ale ani to nepomohlo.

„Myslím, že bude lepší, když se tam prostě půjdeme zeptat," řekla Sandra.

„To je fér."

Vytáhli jsme vůz na trávník před domem slečny Virginie, zaparkovali ho a pak se vydali po dlouhé příjezdové cestě, která byla lemovaná květinami. Slunečnice pokyvovaly hlavami a klaněly se nám, jako bychom byli královská rodina, která mezi nimi prochází. Několik pampelišek bojovalo ve stínu svých bratranců.

„Pamatuješ, jak nám táta dal ochutnat pampeliškové víno, které vyrobil?" ‚Ano,‘ řekla jsem.

„Byla to ta nejhorší věc, jakou jsem kdy ochutnala," řekla Sandra.

„Já vím, ale stejně jsi to neměla vyplivnout." Zasmály jsme se při vzpomínce na víno, které se rozstříklo po tátově košili. „Táta si myslel, že jsi byla hodně drzá."

„To jsem nechtěla." Podívala se na své nohy. „Hele, víš co? Mohli bychom si říct o slunečnice a prodávat je."

„Jsou hezké, ale držme se plánu. Paní Smithová říkala, že nám zaplatí dvě čtvrtky (padesát centů) za tolik černého rybízu, kolik uneseme, takže už máme kupce. Neznáme nikoho, kdo by chtěl slunečnice."

„Jen mě napadlo, že by někdo mohl chtít semínka. Ale dobře."

Podíval jsem se na přítele a rozhodl se, že už k tomu nic neřeknu.

Dole pod schody jsme se sebrali. Ze zkušenosti jsme věděli, že nezáleží na tom, co říkáme, ale jak to říkáme.

Naposledy jsme neuspěli, a to žalostně. Slečna Virginia říkala, že černý rybíz ještě není hotový. Říkala, jak se těší, až vytvoří nějaké nové recepty pro Výroční podzimní veletrh.

Slečna Virginia byla v našem kraji proslulá, protože za recepty z černého rybízu získala řadu zlatých medailí. Její fotografie se často objevovala v místních novinách, někdy dokonce na titulní straně.

Měla tedy právo nechat si ovoce pro sebe, ale svět byl o sdílení. Doufali jsme, že se nám ji podaří přesvědčit, aby nám přidělila část černého rybízu.

Při této návštěvě se nám na tváři muselo zračit zklamání, protože slečna Virginie nás pozvala, abychom jí místo toho pomohli sbírat jablka a hrušky. Nabídla nám, že nám zaplatí každému deset centů, ale to nám nestačilo, abychom dostali, co jsme chtěli. Poděkovali jsme jí za její laskavou a velkorysou nabídku, ale odmítli jsme.

„Co když řekne ne?" Sandra se zeptala a při pohledu do mých očí se zamračila.

Natáhla jsem ruku a dotkla se kamarádčiných dlouhých blonďatých kadeří, načež jsem za pramen trochu zatáhla. „No tak, pojďme to zjistit."

Sandra se dala do běhu, ale já ji včas zachytila a vypravila ze sebe slova „DECORUM", na což Sandra odpověděla: „Cože?" „Zpomal," zašeptala jsem. „Nezapomeň, že jsme mladé dámy."

Zachichotaly jsme se. Sandra si znovu uhladila přední díl šatů.

Vytáhl jsem ruce z kapes a sáhl po klepadle. Ještě než jsem se ho dotkl, slečna Virginia otevřela dveře. Usmívala se, a to nejen ústy, ale i očima. Byla ráda, že nás vidí, to bylo dobré znamení.

„Koho to tu máme v tohle krásné ráno?" zeptala se a dobře věděla, koho tam má, protože jsme se sem se Sandrou vracely celé léto. Víc než desetkrát jsme vylezly na její verandu a ptaly se po černém rybízu.

„To jsme my, já a Sandra," řekla jsem a obě jsme se tak trochu zakřenily. Byl to náš nejlepší pokus o pukrle, i když skutečná anglická královna by si to asi nemyslela. Slečna Virginie zatleskala.

„No, no,“ řekla slečna Virginie, když si nás prohlížela nahoru a dolů. Sandra ve svých krásných růžových šatech a já ve své kombinéze. „Nevypadáte vy dvě...“ Zaváhala. „Vy mi připomínáte...“ Odmlčela se, její slova i výraz tváře teď ustrnuly. Její oči posmutněly, ale jen na vteřinu. Usmála se. „Vy dvě vypadáte jako obrázek, vlastně bych si vás ráda vyfotila, jestli vám to nevadí?“

Její změna z veselé na smutnou a zase zpátky na veselou mi způsobila žaludeční nevolnost. Podívala jsem se na Sandru a souhlasily jsme. Slečna Virginia nás pozvala dovnitř, abychom počkaly, než připraví fotoaparát. Ve vedlejší místnosti jsme slyšeli, jak otevírá a zavírá zásuvky.

„Mám strach o ten vůz,“ zašeptala Sandra.

Couvla jsem a podívala se z okna. „Všechno je v pořádku.“ Pak už jsem vůz sledovala, protože jsem nechtěla, aby se zase ztratil.

Jako tenkrát, když jsme šli dovnitř pro sklenici limonády. Když jsme zase vyšli ven, byl pryč. Chodili jsme a chodili a snažili se ho najít, ale po vozíku nebylo ani stopy.

Sandra a já jsme šly domů. Byla jsem strašně rozrušená, brečela jsem jako malé dítě. Vůz pro mě hodně znamenal, skřípající kolečka a tak. Byl to vánoční dárek od prarodičů.

Naši rodiče a přátelé ho hledali, dokud se nerozsvítilo pouliční osvětlení. Druhý den jsme dali inzerát do Ztrát a nálezů. Našel se za lesem, převrácený na poli jednoho farmáře.

My se Sandrou jsme věděly, kdo ho tam dal. Samozřejmě to byla stará paní Macguireová, ale neměli jsme žádný důkaz. Táta říkal, že člověk nemá nikoho z ničeho obviňovat bez důkazů, ale my jsme ji viděli, jak nás sleduje svým zlým pohledem.

V tu chvíli se vrátila slečna Virginie s fotoaparátem Kodak Instamatic. Viděla jsem na něj reklamu v tátově výtisku časopisu Life. Byl to opravdový kousek.

„Teď se shromážděte, děvčata.“

„Nebylo by venku lepší světlo?“ Zeptala jsem se.

Usmála se a otevřela vchodové dveře.

Čekaly jsme na verandě a snažily se moc necukat, zatímco slečna Virginia rozhodovala, kam si máme stoupnout, abychom měly co nejlepší světlo.

Opřela jsem se o stěnu verandy a snažila se zahlédnout keře černého rybízu, ale nebylo to nic platné.

„Hmmm,“ řekla slečna Virginie, “co kdybychom šli do zahrady? Když všechno kvete, mohli bychom pořídit nádherné fotky.“

Sandra a já jsme se usmály.

Vydaly jsme se po schodech dolů. Sandra se k mému opovržení dostala dolů jedním rychlým skokem. Zdálo se, že slečně Virginii to nevadí. Kráčely jsme za ní a vnímaly každé slovo. „Tady roste petržel a tady jsou moje rajčata. Páni, jak letos vyrostla do výšky. Není nad čerstvou rajčatovou omáčku. A tady je můj záhonek pampelišek. Z nich dělám pampeliškové víno.“

Sandra zalapala po dechu a zatvářila se.

Zdálo se, že si toho slečna Virginie nevšimla. „A tady je můj záhonek černého rybízu, ale ten už samozřejmě znáte, děvčata.“

Snažila jsem se nevypadat příliš vzrušeně a hodila jsem pohledem přes rameno na vůz, když jsem hodnotila, kolik toho můžeme na jednu cestu odvézt. Přála jsem si, abych ho vzala s sebou do zahrady.

Ucítila jsem, jak se Sandřina paže otřela o mou. Všiml jsem si, že má pusu dokořán, jak se dívala na rybíz. Vypadala jako pes, který čeká na svou večeři.

„Zavřela bych to, mladá dámo," okřikla ji slečna Virginie, "pokud nechcete chytit nějaké mouchy."

Sandra skryla ústa za dlaní.

Slečna Virginie se při pohledu na rozkvetlé keře černého rybízu téměř rozchechtala. Visely na nich plody připravené k utržení. Spousta a spousta rybízu. Byly jsme tak vzrušené, že jsme vydaly ze sebe kvílení.

„Nejdřív obrázky," připomněla nám slečna Virginia. Slečna Virginie se snažila najít co nejlepší úhel vzhledem k tomu, že se stromy rozprostíraly ve slunečním světle a vytvářely stíny.

Uvědomila jsem si, že s tolika rybízy připravenými ke sběru bude slečna Virginie potřebovat naši pomoc a bude nám muset nabídnout víc peněz, než když nás požádala o sběr jablek a hrušek. U jablek a hrušek jsme byli omezeni tím, na co jsme dosáhli. U keřů černého rybízu jsme mohli chodit kolem a sbírat každý rybíz.

„Můžeme si teď nějaký utrhnout?" Sandra se zeptala.

Zavrtěla jsem hlavou a doufala, že naše šance nepromarnila.

„Chtěla bych se vyfotit s keři černého rybízu za zády. Teď opatrně, nerozmačkejte je ani neotlučte plody a proboha, před fotkou žádný nejezte, nebo budete mít potřísněné ruce a ústa. Právě jsem si vzpomněla. Teď tu počkejte, děvčata, já na chvíli skočím dovnitř."

Sami, usazeni přímo před rybízem, jako by nás volali jménem. Trhly jsme sebou. Čekaly jsme. Snažily jsme se neposlouchat šepot rybízových keřů. Vyzvali nás, abychom si jeden utrhli. Abychom ochutnali.

„To je šílené," řekla Sandra. Rozevřela a sevřela pěsti. Otočila se a postavila se čelem ke keřům černého rybízu.

Otočil jsem se také. „Souhlasím. Ale když počkáme na černý rybíz, vyděláme si jeho prodejem za jedno odpoledne dost peněz."

„Jasně," řekla Sandra a prohlížela si trsy ovoce. „Ale já potřebuju jeden"

„To nemusíš," řekla jsem.

„Ale ona se to nikdy nedozví!"

„Dobře, tak si jednu bobuli vybereme."

„Ale jsou tak malé."

Sandra si jednu vybrala a já taky. Strčila jsem si ji do pusy a ta sladkokyselá chuť mě přiměla k tomu, abych si dala další. A další. Nabraly jsme jich plnou hrst a hodily si je do pusy. Rybízová šťáva mi pokryla jazyk.

Slečna Virginie se vrátila do zahrady.

Musel na nás být pěkný pohled. Sandra se šťávou rozmazanou po tváři a na šatech. Já schovávající ruce v kapsách.

Slečna Virginie se na nás nezlobila. Místo toho řekla: „Panebože, podívej se na ty krásné šaty." Zavrtěla hlavou. Odstoupila. „To je pro dnešek všechno, děvčata. Teď vy dvě jděte domů."

„Ale slečno Virginie. Co ten černý rybíz?"

„Ano," řekla Sandra, ,omlouváme se, že jsme nepočkaly, ale volaly na nás.' ,Ano,' řekla Sandra.

Slečna Virginie se zasmála. „Vzpomínám si, jak na mě a na moje sestry volaly."

Znovu posmutněla a můj žaludek udělal tu zvláštní věc. „A co ty fotky?"

Slečna Virginia nás požádala, abychom zaujaly svá místa, a pak řekla: „Řekněte sýr." Po několika fotografiích se zeptala: „Proč vás vlastně tolik zajímá můj černý rybíz?"

Sandra mi pošeptala do ucha a my jsme se dohodly, že jí všechno povíme.

„Slečno Virginie, chceme si vydělat dost peněz na výměnu náramků přátelství. Viděly jsme je na trhu a stály čtvrtinu za kus," řekla Sandra.

„Paní na trhu je sama vyrábí. Říkala, že bychom si mohly udělat obřad přátelství a pak bychom byly nejlepší kamarádky na celý život."

Slečna Virginie nejprve nepromluvila. Místo toho se vydala ven brankou a my za ní. Zastavila se a dotkla se tváří slunečnic, jako by ty květiny byly staré kamarádky. Zdálo se, že je ztracená v myšlenkách.

Napadlo mě, jestli nežádáme příliš mnoho, zatímco na oplátku nabízíme příliš málo.

„Pojďte se mnou," řekla slečna Virginie a začala trhat pampelišky. Když měla plné ruce, podala některé Sandře, natrhala další a podala je mně. Ještě neskončila, nasbírala další a držela je v přední části šatů. Posadila se a udělala z těch, které nasbírala, hromádku. Požádala nás, abychom spojili naše květiny s jejími. Sedly jsme si také, Sandra na jednu stranu a já na druhou.

Slečna Virginie zvedla jednu květinu, pak další. Sledovaly jsme, jak do stonků zasunula nehet a nechala pampeliškové mléko vytéct.

Přestože se jí prsty lepily, pokračovala v jejich provlékání a vytvářela tak šňůru pampelišek. Dokončila jednu šňůru a pak začala další.

„Vidíš tu mléčnou hmotu?" Slečna Virginie se zeptala. Přikývli jsme. „Co myslíte, že to je?"

„Je to krev?" Sandra se zeptala.

Taky mě to zajímalo, ale nechtěl jsem to říct, protože jsem o bílé krvi nikdy předtím neslyšel. Neodvažoval jsem se hádat a místo toho jsem pokrčil rameny.

„Slyšely jste, holky, o latexu?"

Zavrtěly jsme hlavami.

„Vyrábí se z něj guma."

„Myslíš jako můj gumový míč z Indie?"

„Ten skáče hodně vysoko!" Sandra řekla.

„Ano, děvčata, máte to mít. Proto je tak lepkavý." Pokračovala v navlékání květin. „Tohle jsme dělávaly, já a moje sestry, když jsme byly ve vašem věku."

„Co se s nimi stalo, myslím s tvými sestrami?" Sandra se zeptala.

„Jsou v nebi," řekla a začala navlékat třetí květinový provázek.

„Aspoň jsou spolu."

Slečna Virginie mě pohladila po ruce. „Na svůj věk jsi velmi vyspělá, viď? Říkala jsi, že ti právě bylo sedm?"

„Říkala."

„A ty, Sandro?"

„Mně je taky sedm."

Slečna Virginie se zadívala na oblohu a několik okamžiků jsme pozorovaly mraky plující nad námi.

„Tenhle vypadá jako medvěd," řekla jsem a ukázala nahoru.

„A tenhle vypadá jako velká kapka ničeho," řekla Sandra.

Zasmáli jsme se. Slečna Virginie se krásně smála. „Tak kdo je první?" zeptala se, a protože jsem byla nejblíž, vzala mě za ruku. Navlékla mi na zápěstí šňůrku květin a uzavřela kruh: byl to náramek. Totéž udělala na Sandřině zápěstí a pak uzavřela třetí kolem svého.

„Aha," řekla slečna Virginie a všimla si, že jí zbývá docela dost pampelišek. Začala je navlékat na šňůrku, dokud jí nezbyla žádná. Vstala. Vstali jsme také.

Slečna Virginie položila Sandře na hlavu šňůru květů. „Tomu se říká věnec," řekla. „Chtěla bys taky jeden?"

„Ne, děkuji," řekla jsem.

„Mohla bych ti udělat pěkný náhrdelník?" ‚Ano,' řekla jsem.

Podívala jsem se na své nohy. „Nechtěla bych spotřebovat všechny pampelišky. Potřebuješ je na víno."

Sandra přejela očima a vyplázla jazyk.

Slečna Virginie nevěnovala Sandřině tahání za obličej pozornost.

„Ale to vůbec nevadí," řekla slečna Virginie, ‚ještě mi jich pár zbylo z loňska.' A začala je trhat. Přidaly jsme se a při společné práci nás tří jsem zanedlouho měla na krku krásný slunečný nákrčník. Když jsem se zatočila, zatočil se i on.

Spokojené se svými ozdobami jsme se Sandrou nespěchaly s odjezdem a odpoledne jsme strávily trháním plevele a úklidem zahrady.

Když se blížil čas večeře, řekly jsme si, že už musíme jít.

„Počkejte tady chvilku," řekla slečna Virginie. Vrátila se s žínkou, miskou plnou vody a peněženkou. „Můžu?

Když Sandra přikývla, slečna Virginia namočila žínku do vody a odstranila skvrnu ze Sandřiných šatů. „Uschne to, až půjdeš domů." Použila žínku na ruce a na obličej.

„Děkujeme," řekly jsme.

„Jo, a ještě něco," sáhla do peněženky a podala nám dva čtvrťáky.

Mohly jsme si přece koupit náramky přátelství!

Bez váhání a porady jsme s vděčností odmítly.

Zdálo se, že slečně Virginii to nevadí. „Uvidíme se příští rok," řekla, než zavřela vchodové dveře.

Táhly jsme prázdný vůz po hrbolaté cestě a opatrně držely rukojeť, abychom si nepoškodily náramky.

„Možná příští rok?" Sandra se zeptala.

„Jo, možná příští rok," odpověděla jsem. „A teď pojďme pro ten bochník chleba."

Sandra sáhla do kapsy. Cinkala drobnými. „Nezapomeň na banánový nanuk."

Po příchodu k obchodu na rohu jsme upustili kliku a vpadli dovnitř, aniž bychom pomysleli na starou paní Macguireovou.

EPILOG

Do téhle ulice jsem se s dospívajícím synem vrátil o sedmačtyřicet let později, a jak si jistě dovedete představit, spousta věcí se změnila. Některé k dobrému a některé ne.

Ulice už nebyla slepá. Byla plně vydlážděná a rozšířená, takže už v ní nebyly žádné příkopy. Většina domů byla přestavěna na dřevěné a hliníkové obklady. Několik jich mělo připevněné satelitní antény.

Teď, když byla ulice otevřená, vyplňovala prostor nová silnice, spousta domů, věž mobilního operátora a vodní dílo.

Dům slečny Virginie byl zbourán a přestavěn na bytové jednotky. Zadní zahrada byla vydlážděna na parkoviště.

Dům staré paní Macguirové vypadá skoro stejně, i když záclony byly nahrazeny kalifornskými žaluziemi.

Se Sandrou jsme se rozešly, když se její rodina přestěhovala na sever. Domů se vrátila v roce 1975 a šli jsme se podívat na film Čelisti. Poté jsme ztratili kontakt.

Můj červený vůz se dědil po mých bratrech a sestrách, pak po bratrancích a sestřenicích. Kdyby uměl mluvit, mohl by vyprávět mnoho krásných příběhů.

Pouhá zmínka o černém rybízu mě stále přivádí zpět do léta 67. roku.

NEJJASNĚJŠÍ HVĚZDA

Byl pozdní večer a mladý pár stál pod pokrývkou noční oblohy. Za nimi hlídala hranice hradba voňavých stálezelených stromů.

Pod úplňkem se William a Linda uzemnili tím, že se drželi za ruce, i když jejich oči a duše byly pohlceny hvězdami.

Půlnoční obloha nad nimi doširoka rozpřáhla svou náruč. V objetí temné noci pomalu tančili na vybraný repertoár drozda severního, zatímco hvězdy a světlušky se přetahovaly o pozornost.

Pár měl pocit, že jsou jediné dvě živé bytosti, které na zemi zůstaly. Byli spolu na okraji světa, pozorovali, naslouchali, byli oddáni obloze a poté, co drozda okřídlil, povzbuzujícím zvukům ticha.

Dokud se nerozzářila jedna osamělá hvězda, přímo před nimi, která na sebe upozorňovala. Padající hvězda. Padající. Propalující si cestu po obloze. Syčící, uvnitř neviditelného elektrického proudu, zrychlující, padající.

„Poslouchej, slyšel jsi to?" Zeptal se William.

„Ano, znělo to jako andělé, kteří tleskají křídly," odpověděla Linda.

Sledovali, jak to postupuje, mění směr a pak mizí za mrakem. Zážitek z toho, že to viděli, že to sdíleli, vyvolal v manželích pocit, že jsou součástí něčeho většího než bytí, něčeho nadpozemského.

Všichni jsme se zrodili z hvězdného prachu. Navždy spojeni, živí i mrtví.

Když už hvězda nebyla vidět, manželé se společně posadili a čekali, až se stane něco dalšího. Ani jeden z nich nepromluvil, protože v sobě drželi vzpomínku, v níž se mísily pocity a vjemy. Navždy si ten okamžik zarámovali do své mysli.

Linda a William věděli jedno jistě, že klíčem je příroda. Ve dnech, kdy se všechno zdálo nemožné, kdy se nedalo žít - duchovní spojení s přírodními živly je uzdravovalo. Dávalo jim naději a povznášelo jejich srdce, mysl i tělo.

„Měl jsi nějaké přání?" Linda se zeptala, když si hejno kanadských husic proklestilo cestu oblohou.

„Ne, už tě mám," odpověděl William a vzal Lindu do náruče. Mladý pár pokračoval v pohledu na oblohu, dokud husy už nebyly vidět ani slyšet.

Linda a William toho spolu tolik prožili, a přesto jim ten druhý stačil.

„Víš, mohla bych tu s tebou sedět navěky, Williame, a nechat svět plynout. Nemám pocit, že bych o něco přicházela, a líbí se mi, když je svět tichý a je to skoro, jako bychom byli s tebou osamoceni na vlastním ostrově.“

William ji objal ještě těsněji a Linda mu teď pohodlně seděla na klíně.

Když se k sobě přitiskli, v dálce se rozezněla siréna. Na okamžik narušila jejich malý svět, dokud William nezačal šeptem recitovat svou oblíbenou báseň od Walta Whitmana:

„Když jsem slyšel učeného astronoma,Když důkazy, čísla, byly přede mnou seřazeny ve sloupcích,Když mi ukazovali grafy a diagramy, abych je sčítal, dělil a měřil,Když jsem vzrušeně poslouchal astronoma, kde přednášel s velkým potleskem v přednáškové místnostiJak brzy jsem se nevysvětlitelně unavil a onemocnělTak dlouho jsem vstával a klouzal ven, až jsem se sám toulal v mystickém vlhkém nočním vzduchu a čas od času,Vzhlížel v dokonalém tichu na hvězdy.“ *

V dálce se ozval křik sirény, který přerušil tu chvíli. Následovala další a třetí. Ozvěna rozčeřila klid, ale jen na prchavý okamžik, stejně jako hvězda. Jedna křičela, druhá hořela. Oba se potřebovali někam dostat - rychle. První ošklivý, drsný zvuk, zvuk znamenající nebezpečí a chaos. Druh potřeboval pomoc, a to okamžitě. Druhá, hvězda, krásná andělská křídla mávající, umírající. Konec.

Takový je život a taková je smrt. Všichni končíme stejně, bez ohledu na to, jak moc křičíme nebo jak moc se snažíme vyniknout, být užiteční.

Dvojice zůstala sedět, zcela ztracená v okamžiku. Sdíleli každý nádech, zatímco se kolem nich rozprostírala noc. Cvrčci cvrlikali a komáři bzučeli. Stromy sténaly a vyjadřovaly své rozhořčení nad tím, že je vítr předčasně probudil.

Linda si vzpomněla na den, kdy se poprvé setkala s Williamem. In byl na střední škole a jim bylo šestnáct let. Linda byla nováček, pocházela z vojenské rodiny, která se neustále stěhovala. Přesto nikdy neměla problém zapadnout nebo si najít přátele, protože byla milá a hezká a lidi to k ní táhlo. Když poprvé spatřila Williama na fotbalovém hřišti, věděla, že je pro ni ten pravý. Podíval se jejím směrem, usmál se a o něco později ji pozval na rande. Zanedlouho se z nich stali milenci ze střední školy. Předurčeni být spolu navždy.

William byl jedináček a jeho první láskou byl sport. Doufal, že se po maturitě dostane zdarma na jednu z nejlepších univerzit na fotbalové stipendium. Když zrovna netrénoval, hrál. Nebyl vzdělanec, to zdaleka ne, ale obdivoval náročnou práci a výborně odhadoval charakter. Jednoho dne zahlédl Lindu, jak se snaží otevřít zámek na své skříňce. Nabídl jí pomoc, ale ta se otevřela ve chvíli, kdy o to požádal. Po tom dni ji chtěl pozvat na rande, ale neudělal to až do dne, kdy si na fotbalovém hřišti vyměnili pohledy. Když se na něj usmála, věděl, že je to ta pravá.

Bohužel se jejich kariérní cesty ubíraly každý jiným směrem. Obě strany se rozloučily se slzami v očích. Oba si slíbili, že se budou každý víkend vracet domů a že budou v kontaktu každý den. Nejdřív si psali a volali denně, pak se to změnilo na každý druhý den a pak na týden. Bylo to ale v pořádku, protože stále jezdili každý víkend domů, aby se viděli a byli spolu. Odloučení a opětovné sblížení je posílilo a více spojilo.

Pak se něco stalo, ani jeden nevěděl jistě, co to bylo. Možná byli příliš zaneprázdnění, nebo se odloučení stalo novou normou.

Toužili po společnosti toho druhého, ale nemohli si ji dopřát, a tak se začali scházet s jinými lidmi. Dohodli se, že se budou scházet s jinými lidmi, aby takříkajíc otestovali vodu.

William s někým chodil jednou nebo dvakrát, ale ať už viděl kohokoli, myslel jen na Lindu. Zajímalo ho, co dělá a s kým je. Snažil se nezajímat, když o ní lidé mluvili nebo ji viděli na rande, ale zajímalo ho to - miloval ji - byla pro něj vším - ale pokud byla šťastná, byl dost mužný na to, aby se držel zpátky a dal jí čas zjistit, co už věděl.

Linda také chodila na rande, byla úžasná a chytrá. Snažila se Williama a myšlenky na něj vytěsnit z hlavy. Zkoušela všechno možné, chodila s kluky, kteří byli jiní než William, ale vždycky jí něco chybělo. Když se dozvěděla, že se stýká s jinými ženami, vystrčila bradu a řekla si: „Když to dokáže on, tak to dokážu i já." A tak se rozhodla, že to zvládne. Jedna z jejích kamarádek, která tajně chtěla Williama pro sebe, ji odstrčila a Linda se dál stýkala s chlapem, o kterém věděla, že není pro ni. Ve skutečnosti se žádný z chlapů nemohl Williamovi vyrovnat, protože milovala jen a jen jeho. Její srdce nedokázalo milovat žádného jiného.

Pak se vrátila domů a William byl doma taky, utíkali k sobě stejně jako herci ve filmech a přísahali si, že jakmile dostudují, už se nikdy neodloučí. A tak se také stalo.

O patnáct let později, stále manželé. Stále spolu.

I když přišli o práci. Práce ve stejné firmě měla své výhody, ale ne když šla ekonomika do kopru a byl poslední, kdo dřív přijde, ten dřív vypadne. Lindu propustili jako první a ona se snažila najít si jinou práci, ale s dítětem na cestě se rozhodli zůstat ve stejné firmě s tím, že William bude pracovat na plný úvazek a bude mít plné zdravotní výhody a Linda zůstane doma, dokud jejich syn nebude dost starý na to, aby mohl navštěvovat školku (kterou měla firma přímo na místě.).

Místo aby se ekonomická situace zlepšila, zhoršila se a brzy byl bez práce i William. Oba brali příležitostné práce, kdekoli a kdykoli to šlo, a dělili se o péči o syna, protože najímání chůvy by bylo příliš nákladné a oni potřebovali každou korunu, aby mohli dál splácet hypotéku.

Když už nebylo možné najít žádnou práci, přišli o dům. Hypotéku si vzali až po uši, stejně jako všichni jejich přátelé, a pak se stali bezdomovci. Několik měsíců žili v autě, dokud je věřitelé nevypátrali a nezabavili jim ho také.

Zůstali spolu, silní. Drželi se jeden druhého.

Když přišli o syna, byla to pro ně zkouška všeho. Bez zdravotního pojištění, bez domova, bez adresy. Viróza, chřipka, zápal plic a jedné noci byl pryč.

Jeho ztráta je málem přivedla na pokraj sil. Potáceli se a potáceli, jak je vlny zoufalství táhly dolů, a lahve alkoholu, které se samy léčily, je na pár okamžiků vytáhly nahoru a pak je shodily do příkopu a málem je roztrhaly. Teď už jim zbývaly jen vzpomínky na chlapce a fotka zarámovaná v plastové štěrbině uprostřed polštáře, kterou nosili v batohu s náhradním oblečením, toaletními potřebami a roličkou toaletního papíru.

Pak objevili spojení se svým synem prostřednictvím přírody. Chodili stále výš a výš a vnímali jeho přítomnost ve vztahu k obloze. Nepotřebovali potravu, a když už ji potřebovali, tak v přírodě něco našli. Koupali se v potocích, jedli jablka a lesní plody. Pampelišky a divoký chřest. Skřipce a šalvěje. Řeřicha a severská divoká rýže. Všechny pochoutky, které si dokázali obstarat a připravit, aniž by měli cokoli po ruce. A vodu, srkali ranní rosu z listů stromů, a když pršelo, otevřeli ústa k nebi a napili se dosyta.

A našli toto místo, vysoko nad světly města. Daleko od pokušení a zvukového znečištění. Obklopeni přírodou, kde mohli být zcela spolu. Na místě, kde se nemuseli skrývat před bolestí, kde ji příroda vstřebávala za ně, do nich.

Kde je jednoduchost klesající hvězdy mohla uchvátit a v jediném okamžiku k nim přivést jejich syna zpět, ve smrti noční hvězdy.

„Měli bychom se vyspat, zítra je velký den," řekl William, natáhl si ruce a zívl.

„Ale nerad bych viděl, že tohle skončí."

Po trávě poskakoval králík a sem tam se zastavil, aby očichal vzduch. V žaludcích jim kručelo, ale ani jeden z nich nechtěl za potravu riskovat život.

Linda sáhla do batohu a vytáhla polštář. Políbila synovu fotografii a William udělal totéž.

William poklepal na místo pro sebe a pak na místo pro Lindu.

Linda načechrala polštář. Položila ho na zem, kde se tváří opřela o synovu fotografii. William udělal totéž.

Přitulili se k sobě jako dvě lžíce.

Protože William seděl vzadu, opatrně rozbalil stránky novin, Poryv větru se k nim přiblížil na nulu a dal o sobě vědět. William si noviny přitiskl k hrudi a chránil je, jako by byly cennější než zlato.

Když se vzduch opět uklidnil, William přikryl Lindu první a druhou stránkou a pak se ujal překrytí třetí a čtvrté.

Přitulili se k sobě. Tak blízko, jak jen dvě lidské bytosti mohou být.

„Dobrou noc, lásko," řekl.

„Dobrou noc, lásko," odpověděla.

Poznámka pod čarou: *Když jsem slyšel učícího se astronoma, Walt Whitman 1865

MARGARETINO ZJEVENÍ

Ve vzduchu bylo cítit jaro. Přesto se Margaret nedokázala vymanit ze své nálady.

Když ji přemohly pocity, Margaret se objímala, protože nikdo jiný jí to nenabízel. Její přátelé říkali, že se z toho vyvléká. Měla by se ozvat. Říct si o to, co potřebuje, ne to vyžadovat. Říkaly, že by neměla očekávat, že její manžel bude mít E.S.P.

V takových chvílích se Margaret stočila do pomyslného chlupatého klubíčka jako medvědí máma. Pak se protáhla a zívla, jako by se probouzela z dlouhého zimního spánku.

Dejte si ještě panáka, říkali by, jako kdyby se naštvala a všechno se tím zlepšilo.

Margaret toužila po novém začátku. Na sezónní znovuzrození, při kterém by se mohla znovu spojit se svým nitrem.

***

V pět hodin ráno se na západním předměstí Toronta u jezera Ontario vrátili ptáci ze zimních prázdnin. Několik jich zůstalo po celý rok - ty považovala za své přátele do každého počasí. Už obnažili keř Huckleberry. Aby je přilákala zpět, naplnila Margaret krmítka semeny slunečnice černé olejné.

V zimě se repertoár ptačích hlasů pohyboval od sojky modré přes kardinály, hrdličky až po pěnice. Margaret každé ráno čekala v tichu, aby je slyšela přivítat nové dny. Osvěžená na těle i na duchu zavírala oči a znovu usínala. Dokud ji neprobudily nesouhlasné hlasy.

Byl to její dospívající syn a její manžel. Ačkoli měli stejnou krev, jejich hormony soupeřily o nadvládu a vystrkovaly růžky - zejména hned po ránu.

Margaret a Michael Lindstromovi se vzali před třinácti lety a nedlouho poté se jim narodil syn, nyní třináctiletý. Někteří říkali, že se pár musí vzít, ale jim do toho nic nebylo.

Seznámili se na rande naslepo a hned si padli do oka. Michael byl vedoucím pracovníkem v dopravním průmyslu. Margaret měla dvě zaměstnání a zároveň studovala vysokou školu, kde se snažila získat bakalářský titul v oboru grafického designu.

Michael pracoval dlouho. Vzhledem k tomu, že Margaret studovala a měla dvě zaměstnání, nevídali se často. Ale když se viděli, přeskočila jiskra. Láska byla ve vzduchu. Přicházeli za nimi úplně cizí lidé a komentovali, jak zamilovaně vypadají, a když se venku drželi za ruce, nikdy nezapomnělo svítit slunce.

Margaretiny kamarádky jí záviděly, že má stálého přítele, a dělaly si o ni starosti. Při svém nabitém pracovním rozvrhu měly sotva čas na flirt, natož na plnohodnotný vztah se starším mužem.

„Prostě si užívej bez očekávání," radila Annabelle, ačkoli ona sama, aby se vyhnula komplikacím, měla politiku otevřených dveří, která jí umožňovala měnit partnery, kdykoli se jí zachce.

„Ale já ho mám ráda. Myslím tím, že ho mám opravdu ráda," odpověděla Margaret.

„Jestli to tak má být, může to počkat, až odmaturuješ," řekla Lizzy, která byla ve hře o univerzitu dlouhodobě. Studovala bakalářský obor astrofyzika, pak přešla na magisterský obor a stále se rozhodovala, jaký obor bude studovat po promoci. „Je sice starý, ale ne prastarý a je nepravděpodobné, že by v dohledné době zašel."

Je milý, laskavý a přemýšlivý. Navíc mě pozval na pracovní akci, abych se seznámila s jeho kolegy. Říká, že se se mnou chce pochlubit." Usmála se.

„Už tak máš dost práce se dvěma zaměstnáními a získáváním titulu," navrhla Annabelle. „Nemluvě o tom, že jsi příliš mladá na to, aby ses vázala. Ledaže by se vám to oběma líbilo." Ušklíbla se a cinkla s Lizzy skleničkami.

„To bych asi mohla odmítnout," řekla Margaret a dolila si do sklenky další víno.

„Což nechceš udělat," řekla Lizzy. „Já říkám jdi. Seznam se se všemi těmi nudnými lidmi, se kterými denně pracuje. Určitě tě to vyléčí ze všech iluzí, které o něm máš - když už nic jiného, tak jenom to."

Margaret si povzdechla a vrátila se ke studiu. Nebyl tak starý a ani se tak nechoval. Sedmiletý rozdíl v dnešní době nic neznamenal.

Později si s Michaelem vyšla na večeři, kde se setkala s několika jeho kolegy z práce. Byla jim věkově blíž než Michael, ale se všemi si rozuměl a kupodivu se dobře bavila. Líbilo se jí, když ji Michael představil jako svou přítelkyni. Když to řekl, podíval se na ni, jako by čekal, že to vyvrátí, místo toho ho vzala za ruku. Velmi se jí líbilo být součástí jeho života.

Nedlouho po pracovním vystoupení pozval Michael Margaret, aby se k němu připojila na služební cestu mimo město. Odmítla, ale pak ji lákadlo návštěvy Seattlu ve Washingtonu přimělo své rozhodnutí zpochybnit. Koneckonců mohla ještě studovat a odpočinek od každodenní rutiny by uvítala. Kdyby odjela, po návratu by se opravdu vrhla na knihy.

„Všechny náklady jsou hrazené," nutil ji Michael. „Přes den budu pryč... budeš mít spoustu času na učení - u bazénu ve vířivce."

Zavrtěla hlavou, že ne, ale on poznal, že slábne.

„A poletíme byznys třídou."

No, to bylo všechno. Sbalila si tašku a odjeli do Seattlu, kde přes den studovala. V noci se jeden večer dívali na zápas Mariners, druhý večer šli do rockového klubu Tractor Tavern. Vyslechli si přednášku Billa Clintona v Seattle Centre. Vystoupali na Space Needle, prohlédli si Chihulyho zahradu a navštívili Muzeum popkultury. Bylo to jako na líbánkách, láska byla ve vzduchu a oni počali Tommyho.

Margaret a Michael o dětech nemluvili. Margaret nevěděla, jak se k tomuto tématu postavit. Uvažovala o potratu, ale nebylo v jejích silách ublížit někomu, kdo si nevybral, že se narodí. Pozvala Michaela na večeři a nadhodila toto téma.

„Chci rodinu, hodně dětí," řekl.

Usmála se.

„Ale já se nepovažuju za ženáčský typ." Odmlčel se. „Kdyby však šlo o dítě, uvažoval bych o svatbě. Všechny děti si zaslouží co nejlepší start."

„Myslím, že jsem těhotná," vyhrkla.

Nejdřív mlčel, pak vyskočil a objal ji. Řekl, že to musí vědět jistě. Objednala se k lékaři. Když jí potvrdil, co už věděla, přitiskli se k sobě a plakali jako idioti. I teď, když si na ten den vzpomněla, musela bojovat se slzami.

Přerušila studium na vysoké škole, když její život ovládly ranní nevolnosti. Zdálo se, že zameškané hodiny se hromadí. Když bylo jasné, že bude muset opakovat celý ročník, vzala si Margaret volno a soustředila se ze všech sil na budoucnost. Před příchodem dítěte bylo ještě spousta práce. Prodali jeho byt. Koupili dům na předměstí a uspořádali rychlou svatbu na matrice, aby vše bylo oficiální.

Brzy novopečená maminka trávila dny tím, že si zařizovala domov. Když zjistili, že se jim narodí chlapeček, Margaret se naplno pustila do vytváření nádherného dětského pokoje. Zvolili sportovní téma, baseball, hokej, basketbal. Dokonce i fotbal. Všechny sportovní aktivity, které s Michaelem rádi sledovali na ploché televizi.

Když byl Michael v práci, Margaret občas připravila tác s jídlem, jako je zmrzlina, celer, houby a salsa. Pak se posadila před televizi, pustila dítěti uklidňující hudbu a četla mu. Margaret ztratila přehled o tom, kolikrát už malému četla knihu Co čekat, když čekáte dítě. Bylo to pro ni něco jako dětská bible a sdílení vědomostí ještě více posilovalo jejich vztah.

Jednoho slunečného odpoledne zašla do místního knihkupectví z druhé ruky se seznamem oblíbených knih, které milovala jako malá holčička. Zapomněla se Marka zeptat, jaké jsou jeho oblíbené knihy, ale on nikdy moc nečetl. Trvalo dvě cesty, než všechny knihy donesla dovnitř. Seděla na pohovce a před sebou měla krabice s knihami. Nemohla uvěřit, že je všechny našla! Dokonce i Pokey Little Puppy, což byla první kniha, kterou se sama naučila číst. Jo, a prolistovala výtisky Šarlotiny pavučinky, Anny ze Zeleného štítu, Zvědavého George, Dvojčat Bobbseyových, Heidi a celé série Harryho Pottera. Mark se zasmál a řekl, že by měli raději investovat do knihovničky. Udělal něco lepšího, sám si ji postavil s tím, že v synově ložnici nebude žádný mumraj.

Zanedlouho dorazil Tomášek a byl tím nejkrásnějším uměleckým dílem, jaké kdy viděla. Chvílemi nemohla uvěřit, že ho s Michaelem stvořili. Její srdce se rozbušilo, nikdy nevěděla, že by mohla někoho milovat víc než Michaela: a milovala ho hodně.

Michael chtěl mít hned další dítě, ale druhé těhotenství nepřipadalo v úvahu. Tommyho porod byl těžký a lékař jim doporučil, aby se o další pokusy nepokoušeli. Michael souhlasil, že to nestojí za to riziko, a byl s tím smířený, nebo to alespoň tvrdil. Margaret mu nevěřila, i když v minulosti byl vždycky upřímný.

Dole se opět rozlehly hlasité zvuky, které Margaret vytrhly z myšlenek a vrátily ji do reality. Nejdřív křičel Tommy, bouchal skříní, pak mu Michael vynadal a věci se rychle stupňovaly. Střetli se kvůli těm nejabsurdnějším tématům. Ani jeden z nich nebyl ranní ptáče... a ona také ne.

Stačilo jedno obyčejné ráno klidu a pohody, aby se dala do pořádku.

Margaret zvažovala, že vstane, ale pak to zavrhla. Počká, až ji požádají o pomoc. Nevyhnutelně ji o to požádají.

Tommy se objevil v jejím pokoji. Místo aby se ztišil, zakřičel: „Spíš, mami?" Vteřinu nebo dvě čekal, až se vzbudí.

„Ano," odpověděla vždycky a protřela si unavené oči, i když usnout přes ten kravál by bylo nemožné.

Teď, když měl její pozornost, vykřikl: „Nemůžu najít sportovní tričko, mami."

Usmála se, protože je vždycky ukládala na úplně stejné místo, ale tentokrát se o tom nezmínila. Jaký to mělo smysl? „Máš je ve skříni, lásko."

„Tak to teda NE!" řekl a následovalo dupnutí, ústup a bouchnutí dveřmi.

Začala počítat jedna Mississippi, dvě Mississippi, tři Mississippi.

„Našel jsem je! Díky, mami! Celou dobu to bylo přímo tady."

Margaret se usadila zpátky pod peřinu a znovu usnula. Dokud se do jejich pokoje nevrátil její manžel Michael. Dodržoval přísný režim. Nejdřív toaleta, pak mytí rukou, čištění zubů, zubní nit, škrábání jazyka s občasnými a velmi slyšitelnými dávivými zvuky (kvůli nimž si často zakrývala uši polštářem.) Následovala patnáctiminutová sprcha, holení, další čištění zubů, fénování, gruntování, kolínská. Všechno načasované na vteřinu.

Když skončil, otevřel dveře dokořán a horká pára unikala dřív než on do místnosti. Sledovala ho, jak přechází po podlaze, jako by sledoval prchajícího ducha. Vůně jeho kolínské a teplá pára ji uspávaly a brzy zase usínala.

„Margaret, neviděla jsi zatoulaný manžetový knoflík?"

Zvedla hlavu: „V poslední době ne," odpověděla, když prohrábl horní zásuvku, aniž by ji celou zavřel. Pak otevíral prostřední zásuvku a nechával ji částečně otevřenou. Nakonec spodní zásuvku vytáhl úplně ven. Skříň připomínala schody, ale představovala nebezpečí, protože se mohla kdykoli snadno převrhnout. Představila si, jak Tommy prochází kolem a celá komoda na něj dopadne. Hrůza z toho, co by se mohlo stát, ji roztrhala na kusy. Kdyby ho musela zespodu vytáhnout... měla by na to sílu? Co když... Vyskočila z postele a zavřela každou zásuvku.

„Chtěl jsem to udělat," řekl Michael, když za sebou cestou ven zabouchl dveře.

Protože už byla vzhůru, tiskla se k zadní straně zavřených dveří, dokud zespodu Tomášek nezavolal: „Mami, nemůžu najít oběd!"

„Máš ho v krabičce na svačinu, druhá polička, pravá strana ledničky."

„Ne, není," odpověděl.

„Už jdu," řekla a vzala za kliku, ale než ji stačila otevřít, zavolal: "Už to vidím! Díky, mami."

Vrátila se do svého pokoje, zamumlala nemáš zač, protože černá mezera pod postelí lákala. Mohla se pod ni rovnou nasoukat a nic kromě prachových králíků jí nedělalo společnost. Pod ní by si vytvořila svou vlastní superschopnost - ochranný štít z temnoty, který by odpuzoval hlasité rozzlobené hlasy.

Hlasy, které se blížily, rozhodly za ni a ona se vyškrábala do temného prostoru. V útulném prostředí se jí zpomalil dech i tep. Zavřela oči, rozplácla se, pak natáhla ruku, stáhla přikrývku na zem a přetáhla ji pod sebe a přes celé tělo, jako by si stavěla pevnost.

Michael se vrátil do jejich pokoje. „Zlato?" zeptal se.

„Možná je v koupelně?" Tommy se zastavil u dveří.

Michael zkontroloval, pak se podíval na postel.

„Zase není pod ní, že ne?" Tommy zašeptal.

„Uvidíme," slyšela Michaela odpovědět.

Oba se spustili na zem a nahlédli do tmy. Pod přikrývkou zahlédli nějaký pohyb. Michael se podíval na syna a pak si přiložil prst ke rtům. Ten přikývl, rád, že nechal otce promluvit jako prvního.

„Zlato," řekl Michael konejšivým hlasem, ‚nevadilo by ti odnést moje kalhoty a košile do čistírny?' ‚Ne,' řekl Michael. Otevřel ústa a pak je zase zavřel.

Chudák Margaret nemohla uvěřit, že jí dává seznam úkolů a mluví s ní, jako by se každý den svého života schovávala pod postelí. Neskutečně ji to rozčilovalo.

Nepochopil narážku a pokračoval: „Jo, a zapomněl jsem se tě o víkendu zeptat, jestli by mi nevadilo, kdybych pozval pár kamarádů. Dnes večer. Na malou oslavu. Osmičlennou party, včetně nás. Omlouvám se, že jsem to zase tak narychlo oznámil. Chtěl jsem se tě zeptat o víkendu."

Tommy udělal krok, aby se připojil k matce v jejím osamělém kokonu. Namísto toho se vydala na cestu ven. Narovnala se a oprášila se. Dívali se na ni, ale nic neříkali. „Vy dva běžte dolů, hned," řekla a stále držela teplou peřinu.

Michael se podíval na hodinky.

„Jsem v pořádku, naprosto v pořádku. Budu tam za chvíli, prosím." ‚Dobře,' řekl. Položila peřinu zpátky na postel.

„Dobře," odpověděli a odešli.

Když odešli, natáhla se přes postel. Vypnula elektrickou přikrývku na manželově straně. Když si oblékala domácí plášť a pantofle, představila si, že zapomněla vypnout jeho deku. Shořel by dům? Pravděpodobně. A byla by to její vina. Vždycky za všechno mohla ona.

Zavřela si plášť a pak si v zrcadle upravila vlasy. Musela si s Michaelem promluvit o té večeři. Osm lidí. Dnes večer. Alespoň to nebylo tak špatné jako minule, kdy jich bylo dvanáct, nebo předtím, kdy jich bylo osmnáct. Přesto ho při jiných příležitostech, jako byla tahle, tolikrát žádala, aby jí dal víc vědět. Naposledy, když už měla všechno hotové - no, skoro všechno - si nestihla nalakovat nehty. Michael na to před hosty nešikovně upozornil a dokonce i jejich syn měl dost emoční inteligence, aby změnil téma dřív, než se rozplakala.

V předsíni jí při chůzi zajiskřily králičí pantofle a způsobily jí šok, když cestou posbírala ponožky, spodní prádlo a manžetový knoflíček. Kousky a střepy jí zůstávaly jako stopa, která ji měla dovést dolů, kde na ni čekali.

Dole teď stála na chodbě vedoucí do obývacího pokoje. Když vešla dovnitř, viděla a slyšela, jak její manžel chroupe toast a přitom drží v ruce malíček s čajem. Vedle něj stál Tommy, který se ládoval rýžovými křupkami a chyběla mu pusa. Mezi nohama se mu shromažďovaly kapky mléka a zbytky cereálií, které při dopadu na koberec vydávaly mlaskavé zvuky.

V duchu si poznamenala, že až odejdou, hodí koberec do sušičky, a ulevilo se jí, že látka na podlaze spíš stírá tekutinu, než aby potřísnila to, co považovala za poslední čisté školní tričko svého syna. Přidala druhou mentální poznámku, aby mu objednala nové košile - rostl tak rychle, že bylo těžké držet krok s jeho růstovými spurty.

„Dobré ráno,“ řekla Margaret právě ve chvíli, kdy Fred Flintstone zařval: Wilmo!

Její rodina vzala její přítomnost na vědomí pohledem jejím směrem a pak společně propukli v smích, zatímco Barney a Fred pokračovali ve svém obvyklém dovádění. Alespoň spolu vycházeli. Flintstoneovi byla jedna věc, na které se oba shodli.

Když byla reklamní přestávka, řekla: „Ohledně té večeře, Michaele.“ Ztlumil zvuk na televizoru. Tommy zaprotestoval a pak dojedl své cereálie.

„Ještě jednou se za to omlouvám,“ řekl její manžel. „Mluvil jsem o víkendu se svým šéfem na golfu. Nejsem si jistý, jak to dopadlo, že je to tady, ale vzápětí jsem si uvědomil, že tu zatracenou akci pořádám já. Nemusí to být black tie nebo něco nóbl. Tři chody plus dezert by měly stačit.“

„Kdo jsou naši hosté? Jaká jídla mají rádi? Nějaké alergie? Nějací vegetariáni?" Odmlčela se. „Proč nerozpálíme gril?"

„Ne, nápad s grilem je skvělý pro víkendové setkání, ale tohle je motivováno obchodem."

Povzdechla si.

Pokračoval: „Můj šéf a jeho žena, Jim a Dave z marketingu, Lucy a její manžel William z právního oddělení. Myslím, že Lucy by mohla být vegetariánka nebo veganka. Lance z financí a jeho žena - s tou jsem se ještě nesetkal. Je v našem týmu nový." Podíval se na hodinky a nadskočil.

Margaret ho chytila za rukáv. Vsunula do něj chybějící manžetový knoflíček a pak se vklínila přímo před manžela v naději, že dostane polibek.

Michael na vteřinu zaváhal, než dal Margaret něco, co by někdo mohl kvalifikovat jako polibek - ona ne. Byl to spíš polibek - podaný za pochodu -, když projížděl kolem. Rty dvojice se sotva dotkly.

Než Margaret stačila něco říct, Mark za sebou zabouchl dveře.

Znovu se objala pažemi. Na vteřinu nebo dvě to vypadalo, že se ji Tommy chystá obejmout. Rozevřela náruč a on na oplátku natáhl ruku jejím směrem otevřenou dlaní vzhůru. Zkřížila ruce, protože se pustil přímo do prodejního stánku 101.

„Víš, mami, dneska je Den hamburgerů - dva za cenu jednoho - a já potřebuju peníze. Peníze jsou na charitu a já už jsem tento týden utratil všechno kapesné."

„A co ten oběd, co jsem uvařil?"

„Žádný problém, sním ho o přestávce."

Margaret ho pohladila po hlavě a pak odešla do kuchyně, kde na háčku visela její kabelka. Když do ní sahala, podívala se na stav své kuchyně. To je ale nepořádek! A to musela všechno vyšperkovat na dnešní večeři. Žádný problém!

Měla jen desetidolarovou bankovku, kterou mu vložila do stále čekající ruky. „Přines mi drobné,“ řekla, když s pevným bouchnutím dveří opustil dům.

Zpátky v obývacím pokoji to Flintstoneovi zabalili se slovy: „To se budete mít jako v bavlnce!“. Margaret si pobrukovala, zatímco si přehazovala koberec přes rameno, sbírala špinavý šálek s podšálkem, sklenici a misku.

Teď v kuchyni dala koberec do pračky, nádobí od snídaně do myčky a pak si nalila šálek čaje z vlažné konvice. Vrátila se do obývacího pokoje, kde byl nepořádek menší. Přepnula kanály a narazila na Soudkyni Judy. Nemohla si pomoct, ale obdivovala tu ženu, která měla v soudní síni nad všemi a vším naprostou kontrolu.

Přátelé jí říkali, že by měla vstát dřív než její rodina, tím by minimalizovala chaos a nepořádek. Pak by měla situaci pod kontrolou. Jiní říkali, že by si měla najít práci a odejít z domu dřív než oni, aby se museli naučit postarat se sami o sebe. Byla však tak unavená, taková nesamostatná v těchto dnech, nemluvě o tom, že nepracovala od doby, než se jí narodil syn. Kdo by ji teď zaměstnal?

Margaret byla se svým údělem stále nespokojenější, protože svůj život odevzdávala potřebám těch, které milovala. Vadilo jí, že se stále rozdává, ačkoli to byla její volba. Pak nastupovala do vlaku viny a sebelítosti. Procházela si každá matka tím samým? Tuhle prázdnotu? To tlačení a tahání v sobě, které vytvářelo prázdnotu. Tu prázdnotu uvnitř, které dovolila, aby se pohybovala jako letní bouře a pršela na všechno v jejím životě. Byla hurikánem, který čekal, až se stane, a dnes byl den, kterého se bála.

Osprchovala se a oblékla, aniž by se zastavila na snídani, ale věnovala čas tomu, aby hodila koberec do sušičky, a s úpěnlivou touhou vypadnout. Pryč. Kamkoli, pryč.

Margaret namířila auto směrem k nákupnímu středisku a vyrazila. Zaparkovala. Cestou dovnitř nějaký mladík pásl vozíky. S pomocí větru jich bylo několik určeno k bezprostřednímu útěku. Uvažovala, že mu něco řekne, aby mu ulehčila, místo toho se na něj usmála. Pod nosem ji nazval mrchou.

Hospodyně si ho nevšímala a spěchala dovnitř. Nemohla si pomoct, ale divila se, že její empatické gesto nedosáhlo ničeho jiného než nadávek. Nevadí, pomyslela si a přesunula pozornost k aktuálnímu problému: přípravě večeře. Ale popořadě: co si vezme na sebe? Měla by si dopřát nové šaty? Nakupování jí v minulosti pomáhalo zvednout náladu. Možná by to šlo i dnes?

Margaret prošla módní chodbou a ve výloze našla figurínu v nóbl obleku, který se jí líbil. Vydala se dovnitř, kde na ni všude útočila zrcadla. Stáhla se.

Na eskalátoru si všimla kadeřnických a nehtových lázní. Podívala se na své nehty. Raději si je udělala sama doma, když už věděla, co bude mít na sobě - udělá si čas. Ale vlasy, to byla jiná věc.

Stála před salónem a pozorovala pohybující se kadeřníky, kteří měli plné ruce práce. Zdálo se, že v salonu je klidný den, protože bylo obsazeno jen jedno křeslo. Uvažovala, že půjde dovnitř a s někým si promluví, ale rozhodla se, že to neudělá, protože se podívala na svůj telefon. Čas utíkal a ona toho měla už teď příliš mnoho na práci.

Její pozornost upoutal blikající neonový nápis. Stálo na něm: Cestujte do své vysněné destinace. Výprodej pouze dnes!

Už nebyla Margaret, byla Margarita na Kubě. Představovala si, jak na Kubě hraje rumbu. Pak byla v Austrálii a tančila ve vnitrozemí. To snad ne! To bylo příliš daleko.

Všiml si jí mladý muž asi o polovinu mladší než ona. „Hned jsem u vás," řekl. Vrátil se ke svému hovoru na telefonu.

Vydala se dovnitř a rozpačitě postávala u recepce. Naslouchala mladíkovu klidnému hlasu. Občas její přítomnost kvitoval úsměvem. Po několika okamžicích přestal mluvit a přikryl telefon rukou.

„Zatímco budete čekat, dejte si šálek kávy nebo vody. Nebudu tu dlouho. Jo a klidně si prohlédněte brožury a časopisy. Hned jsem u vás."

Margaret si nalila šálek horké kávy, pak přidala smetanu a hrudku cukru. Podívala se směrem k mladému muži na telefonu, když si všimla krabice sušenek. Jako by chtěla získat jeho svolení.

Znovu si položil ruku na sluchátko: „Ach ano, poslužte si sušenkou nebo dvěma. Není zač."

„Děkuji," zašeptala a vzala si sušenku. Bylo to čokoládové nebe.

Zatímco čekala, prolistovala několik časopisů. První z nich byl o Švýcarsku. Teď se Maggie připravovala na lyžování v Zermattu a s lyžemi jí pomáhal vysoký, blonďatý a pohledný lyžařský instruktor jménem Sven. Teď skončili s lyžováním a on jí nabízel šálek horkého kakaa. Omdlela a natáhla se po něm, pak na něj mrkla.

Vzala si další brožuru na Havaj a představovala si, jak na pláži ve Waikiki huláká s Georgem Clooneym. Pak se podívala dolů, uvědomila si, že má na sobě bikiny, a vykřikla.

Margaret se vrátila do reality a pohlédla směrem k mladíkovi, který stále telefonoval. Jejího výbuchu si nevšiml. Uf. Znovu se zakousla do čokoládové sušenky. O bikinách nebo jakýchkoli jiných plavkách nemohla být řeč.

Na stěně si všimla plakátu s reklamou na zájezd do Británie. Beefeaters. Nosili ty bláznivé vysoké klobouky. Teď byla Cathy a hledala Heathcliffa na yorkshirských vřesovištích. Byl velmi chladný a větrný den, ale oni se procházeli a užívali si čerstvého vzduchu...

„Mohu vám nějak pomoci?" zeptal se mladík.

Heathcliff zmizel. „Ehm, jen se mi zdá," odpověděla Margaret se zarudlými tvářemi.

Mladík klikal na klávesnici a díval se na obrazovku. Otočil počítač směrem k ní. „Tohle jsou dnešní jednodenní last minute nabídky. Právě přišly!"

Zaujatě přistoupila blíž.

„Jestli máte zájem o Anglii, takovou cenu už nenajdete." "To je skvělé.

„Vždycky jsem chtěla navštívit Velkou Británii."

„Tato cena," řekl mladík, „zahrnuje pronájem auta a kombinaci hotelů a penzionů. Mohl byste cestovat po okolí a pak si vybrat, kde se chcete zastavit a ubytovat."

„Nevím, jak se tam jezdí autem, nejezdí se tam i na druhé straně?“

„To je pravda, ale to si osvojíš během chvilky.“ "To je pravda.

***

Margaret se vrátila domů a objednala si jídlo s sebou. Z jídelního lístku si vybrala různá jídla, která vyhovovala všem potřebám. Do lednice uložila Chardonnay, Rose a pivo. Čtyři lahve červeného uložila do stojanu na víno.

Kolem pasu si uvázala zástěru a pak se pustila do vysávání a utírání prachu. Přeskládala čistý koberec v obývacím pokoji. Když bylo všechno dokonalé, prostřela stůl, u něhož bylo míst pro sedm lidí. Michael nechtěl riskovat, že by Tommy způsobil scénu. Ne před jeho šéfem a kolegy z práce. Připravila tác a postavila ho na pult, aby si ho mohl odnést do svého pokoje.

Margaret šla do svého pokoje a sbalila si kufr a příruční tašku. Objednala si Uber, aby ji odvezl na letiště.

O tři hodiny později nastoupila do letadla a brzy už odlétala do Spojeného království.

Když se podívala z okna, na zlomek vteřiny ji přemohl pocit viny. Bojovala s ním.

Na ledničce nechala vzkaz, že odjíždí.

Margaret se nezmínila, kam jede a kdy se vrátí.

Ani to, že si koupila jednosměrnou letenku. Oni na to přijdou.

SLUNEČNÍK A VÍTR

Byl pátek třináctého a kolem nás foukal vítr. Věci, které neměly létat, skákaly a odrážely se. Napříč a přes. Všude kolem mě se převracely.

V takový den by možná někteří důchodci zůstali v posteli, ale já ne. Proč bych se měl v tak strašný den odvažovat ven? Jen a jen proto jsem potřeboval šálek silné kávy.

Hrála jsem si tedy na vybíjenou, uhýbala a potápěla se, abych se dostala z domu do auta. Pak jsem zamířil k nejbližšímu průjezdu. Nebyla jsem jediná, kdo měl odvahu vydat se do neznáma, aby si vyléčil závislost na kofeinu.

Fronta se posunula kupředu a vzdalovala se. Objednala jsem si extra silné vanilkové latté a pak se autem doplazila k okénku, abych zaplatila. Natáhla jsem se na druhou stranu pro peněženku a zjistila, že jsem ji nechala doma.

Paní u okénka natáhla ruku a zase ji stáhla, aby se vyhnula malé větvičce, která se dotkla mého okénka a pak se odrazila do jejího.

„Drobné," řekl jsem, když se žena znovu natáhla. Stále jsem se přehrabovala v přihrádce a v přihrádkách na kelímky. Po přepočítání jsem měl sedmdesát osm centů. Pod sedadlem jsem měl ještě jeden dolar. Pokračoval jsem v hledání, zatímco auta za mnou čekala a chlapík přímo za mnou troubil, ostatní ho následovali.

„To by stačilo," řekla žena, vzala mince a podala mi kávu.

Usmála jsem se svým největším úsměvem a řekla: „Děkuji." Zavřela jsem okénko a odjela, stále tak vděčná. Káva voněla jako v nebi, ale zdržela jsem se, abych se napila, dokud se neobjevila první červená.

Zatímco jsem čekala, usrkávala a vychutnávala si ji, nehumánní deštník mi dřevěnou rukojetí rozbil čelní sklo, než se odrazil a spočinul na větvi nedalekého stromu.

Ani jsem si neuvědomil, že mě džus pálí, dokud se nezměnila světla. Bezpečně jsem zastavil a vystoupil z vozidla. Není nad to, když vám horká káva stéká po noze do ponožek a bot. Třásl jsem nohou jako pes, který se nedávno vykoupal.

Viděl jsem, že se to blíží, ale bylo pozdě.

Ten zatracený deštník. Zase.

***

Probudil jsem se, ještě na parkovišti s dřevěnou rukojetí deštníku omotanou kolem krku. Tvrdě jsem spadla, ale cestou dolů se mi podařilo chytit se dveří auta, což bylo na jednu stranu dobře a na druhou špatně, protože to zakrývalo mou situaci.

Beton pode mnou byl studený a houbovitý. Pokusil jsem se vstát a vítr zachytil deštník a nesl ho dál jako zbloudilou vichřici.

Ještě jsem nestála, ale vystřelila jsem vzhůru a tlačila se vahou ke dveřím auta. Náhlé cvaknutí zámku dveří nevěstilo nic dobrého □ klíčky jsem nechala v zapalování. Nahmatala jsem telefon a rychle si uvědomila, že ho mám doma v kabelce.

Opřela jsem se o auto se zkříženýma rukama v naději, že přilákám dobrého samaritána.

V dálce jsem zahlédla deštník, jak si razí cestu jinam. Ups. Protijedoucí vozidlo, které se snažilo vyhnout vířícímu dervišovi, narazilo do zadní části jiného auta. Někdo by teď zavolal policii. Zamával bych jim, aby mi také pomohli. Všechno v pořádku.

Zanedlouho se ten zatracený deštník znovu rozjel a plnou rychlostí se řítil mým směrem. Byl jsem snad magnet na deštníky? Tentokrát vyletěl vysoko a roztočil se. V dálce to byla nádhera. Otevíral se k nebi v celé své černi. Bylo to fascinující, tak vysoko to vyletělo, a znáte to staré přísloví: „Co stoupá vzhůru,“ no, ukázalo se, že je pravdivé, protože ta zatracená věc padala k zemi s potenciálem mě nadobro omráčit. Stejně jako skautské heslo jsem byl připraven a místo abych čekal, až se mi to spojí s hlavou, natáhl jsem se a chytil ji za rukojeť.

Držel jsem se jako o život a doufal, že se sám nestanu Mary Poppins. Nohy se skutečně odlepily od země, ale jen na vteřinu nebo dvě, než jsem uslyšel sirény a pleskání bot o chodník.

Mladá žena přiložila svou ruku na mou rukojeť. Zklidnily jsme se, když se ulicemi rozléhaly další kroky, jak její majitelka cvakla tlačítkem a zavřela skládací stříšku.

***

Po tom podivném ránu jsem se vrátil domů, dal si nohy nahoru a odmítal se pohnout, dokud se vítr nezklidní. Plán jsem dodržel, dokud mě syn nepožádal, abych ho krátce po půl osmé vyzvedl u jeho kamaráda na druhém konci města. Domů ho měli přivézt rodiče, ale byli to nervózní řidiči, proto jsem je přivolala já.

Prasklina býčího oka na čelním skle mi neustále připomínala, jak se můj dosavadní den vyvíjel. Stále jsem čekal na zprávu od pojišťovny o výši spoluúčasti. Zkoumali, zda se nejedná o „zásah vyšší moci".

Kontaktoval jsem policii, která řekla, že ověří existenci deštníku, ale ne to, že souvisí s mým čelním sklem. Když mě viděli, držel jsem se ho.

Cítil jsem se nesmírně naštvaný na osobu, která nedokázala udržet svůj baldachýn z látky, a měl jsem půlku myšlenky napsat radě, aby požádala o vydání licenčních zásad pro deštníky. Pak bych je mohl donutit, aby mi zaplatili spoluúčast, nebo ještě lépe, abych je zažaloval.

Nastartoval jsem auto a vycouval z příjezdové cesty, vědom si létajících předmětů, když mě zaujala zelená láhev. Točila se a točila dokola, jako když imaginární lidé hrají hru Roztoč láhev. Většinu času se neodlepila od země a vypadala jako podlouhlá zelená kosmická loď, když vzlétla, zvedala se výš a výš, pak se zřítila, roztočila se a zase se zvedla. Pokračoval jsem dál, shodou okolností stejným směrem, kterým mířila láhev.

Když jsem uviděl muže a ženu, jak jdou proti sobě, zatímco láhev se nebezpečně zmítá, otevřel jsem okno a zavolal na ně. Když nereagovali, zatroubil jsem. Láhev, nyní vysoko ve vzduchu, začala padat volným pádem směrem k nim.

Láhev dopadla dolů a plnou silou zasáhla hlavu ženy. Zelená nádoba se odrazila a zasáhla hlavu muže. Lhostejný zelený předmět se několikrát vznesl a spadl, než se zastavil o kmen stromu.

Zapnul jsem čtyřsměrné blikače a vypnul motor, než jsem znovu vystoupil z bezpečí svého auta do nebezpečného větru.

Muž i žena byli při vědomí, nicméně se nehýbali ani se nesnažili vstát. Změřil jsem puls ženě, pak muži a zhodnotil situaci, přičemž jsem si vzpomněl na svůj výcvik první pomoci z před let. Vytočil jsem číslo 911. Dispečerka položila několik otázek, ale praskání za námi přimělo lidi, aby se posadili.

Sledovali jsme, jak vítr dál hučí a posílá láhev do vzduchu. Majestátní smuteční vrba se sklonila, aby ji získala zpět, ale pozdě. Vítr zlomil její tlustý trup v půli, a když strom dopadl na zem, ozvěna rozkmitala zemi pod námi.

„Pojď!" Zakřičel jsem.

S větrem, který se nám hnal v patách, jsme se dali na útěk.

***

Jakmile jsme dorazili do útočiště mého auta a připoutali se, nahodil jsem plyn. Když už láhev nebyla v dohledu, jeli jsme pro syna.

Po chvíli, kdy jsme popadali dech, jsme se představili.

Brent Welch byl vysoký a velmi pohledný muž s tmavými vlasy a modrýma očima. Na bradě měl důlek jako Cary Grant. Byl partnerem v místní právnické firmě, velmi dobře mluvil, měl nápadně krásné způsoby a byl svobodný.

Eileen Manny, také svobodná, měla dlouhé blond vlasy a nosila příliš mnoho make-upu. Byla zdrženlivá a jemně mluvící zástupkyně kosmetického průmyslu, takže její „tvář byla její paletou".

Představila jsem se. „Jmenuji se Alice Mitchellová. Nedávno jsem ovdověla a jsem učitelka na střední škole v důchodu." ‚Ahoj,' řekla jsem.

Teď, když jsme se seznámily, mi poděkovaly, že jsem je zachránila. Pak se zeptali na prasklinu v čelním skle, zrovna když Jasper vlezl do auta a připoutal se.

Po představení jsem pokračoval ve vyprávění příběhu o deštníku. Moji cestující řvali smíchy.

„Co je na tom k smíchu?" Zeptal jsem se.

„Nikomu jinému se to stát nemohlo," odpověděl Jasper.

Vyrazili jsme domů a cestou vysadili Marka a Eileen.

Když jsme konečně dorazili, uvědomil jsem si, že do konce tohoto více než rušného pátku třináctého zbývají ještě dvě hodiny. Vlezla jsem si do postele, přetáhla si peřinu přes hlavu a snažila se usnout.

Netušila jsem, co mě ještě čeká.

***

Druhý den ráno, v sobotu čtrnáctého, mi trvalo několik minut, než jsem se probudil. Bylo to, jako by v mém snu zvonil zvonek, dokud na dveře mé ložnice nezaklepal můj syn Jasper.

„Mami, to je pro tebe □ policie."

Odhrnula jsem peřinu, přetáhla si přes hlavu noční košili, vyměnila ji za běžecký úbor a než jsem vyšla ven, rozčesala jsem si prsty vlasy.

Můj syn, který má v těchto věcech málo etikety, přestože byl vychován k vynikajícím způsobům, nechal policisty stát na verandě.

Když jsem vystrčila hlavu ven, napůl dovnitř a napůl ven, zvedl se vítr a málem mi vyrval dveře z rukou.

Vzhled důstojníků byl rozcuchaný, čemuž se za starých časů říkalo „větrný a zajímavý“. Obhroublá dvojice důstojníků byla dost pohledná na to, aby si mohla přivydělávat jako striptérky z Hromu zdola. Pozval jsem je dál.

„Ne, děkuji, madam,“ řekl blonďák, který, když si sundal čepici, vypadal jako ten druhý, ten, který nebyl ‚Ponch‘ z C.H.I.P.S., a řekl: “Ne, děkuji.

'Jon,' řekla jsem nahlas, aniž bych to chtěla říct (jméno toho blonďáka z C.H.I.P.S. mě právě napadlo).

„Jmenuje se Marshall,“ řekl ten blonďák. „Můj parťák je strážník Ramsey.“

„Těší mě. A co pro vás mohu udělat?“

„Včera jsme od vás obdrželi hlášení o opuštěném telefonátu na tísňovou linku, můžete nám prosím vysvětlit, co se stalo?“ řekl blonďák.

„Všiml jsem si muže a ženy, kteří šli proti sobě, když čekali na červenou. Všiml jsem si láhve.“

„V polovině letu?“ Ramsey se zeptal.

Přikývl jsem. „Ano, láhev vyletěla nahoru a pak se zase vrátila dolů. Snažil jsem se upoutat jejich pozornost, ale než jsem se nadál, láhev zasáhla nejdřív ženu a pak muže. Oba šli tvrdě k zemi na chodník.“

„V jakém byli stavu, když jste k nim dorazil, a jak dlouho vám trvalo, než jste se k nim dostal?“ Zeptal se Jon, tedy Marshall.

„Zaparkoval jsem během několika vteřin a okamžitě jsem se k nim vydal.“

Ramsey byl ten, co si dělá poznámky, zapisoval si všechno, co jsem říkal.

Marshall na mě mířil telefonem; nahrával všechno, co jsem říkal.

Hádal jsem, že je to v pořádku, i když jsem to v tu chvíli nezpochybňoval.

„Byli při vědomí, dýchali a měli silný puls. Poté, co jsem si to potvrdil, jsem zavolal na tísňovou linku.“

„Co se stalo pak?“

„Zřítil se na nás obrovský strom a my jsme se dali na útěk k mému autu.“

„Chtěl někdo z nich navštívit lékaře nebo jet na pohotovost?“

„Ne, byli vzhůru. Smáli jsme se a povídali si. Jejich domy byly na cestě zpátky, vysadili jsme je a nebyl to žádný problém.“

Mlčeli jsme.

***

„Co to má znamenat?“ Zeptal jsem se a cítil, jak mi vítr prořezává teplákovou soupravu.

„Potkal jsi už někdy některého z nich?“ "Ne. Marshall se zeptal. „Koneckonců jejich domy nejsou daleko od těch vašich.“

„Ne." Stál jsem tiše a snažil se přijít na to, kam svými otázkami míří. Co záleželo na tom, jestli jsem některého z nich už někdy viděla? Uvnitř můj syn zapnul televizi a ozval se výbuch. Zavřela jsem za sebou dveře a vyšla ven.

„Co to bylo za láhev?" zeptal jsem se. Ramsey se zeptal.

„Byla to zelená láhev."

Oba policisté si vyměnili pohledy.

„Je pravda, že jste měl včera další incident s deštníkem?" ‚Ano,' odpověděl jsem. Marshall se zeptal.

„Ano, byl to strašný pátek třináctého."

„Jde o to," řekl Ramsey. „Welch a Manny zemřeli."

***

Probrala jsem se z mdlob a tři ustarané tváře na mě shlížely dolů. Dvě patřily strážníkům Ramseymu a Marshallovi. V rukou drželi výtisky Reader's Digest, kterými na mě mávali jako vějíři. Druhá patřila Jasperovi, který držel sklenici s vodou, z níž mi přerušovaně rozprašoval kapky na čelo.

„Jsi v pořádku, mami?"

Nebyla jsem si stoprocentně jistá. Přesto jsem se snažila posadit, abych se vyhnula dalším útokům Reader's Digestu a vody.

„Měla jsi trochu šok," řekl Ramsey, právě když ke mně zamířily dvě sanitářky. Jeden mi zkontroloval puls, druhý mi nacvakl pásek na tlak a začal pumpovat. Oba řekli: „Všechno v pořádku."

Pokusil jsem se je doprovodit ke dveřím, ale řekli, že to není nutné.

Ramsey si sedl naproti mně.

Motýli v žaludku se mi třepotali a já se stále cítila trochu choulostivá, protože mi v hlavě poletovaly otázky o létajících lahvích, které zabíjejí lidi.

Myslela jsem, že mě napadá jen ta poslední myšlenka, dokud Ramsey neodpověděl: „Příčinu smrti zatím neznáme. Koroner právě ohledává těla." ‚Cože?' zeptala jsem se.

„Všimli jsme si, že máte na čelním skle velkou prasklinu," řekl Marshall. „Narazil do ní některý z nich?"

„Ne, způsobil to deštník." ‚Ne,' odpověděl.

„Myslím, že máme dost informací," řekli policisté.

Jasper je vyvedl ven.

Šla jsem do kuchyně, udělala si silný čaj a otevřela balíček čokoládových sušenek. Venku jsem slyšela vítr, jak rozfoukává listí kolem dokola. Otevřela jsem zadní dveře a požádala matku přírodu, aby toho nechala.

Podle očekávání mou žádost ignorovala.

***

Neděle byla klidným dnem. Držela jsem se stranou a Jasper se ke mně choval, jako by byl Den matek, se snídaní, obědem a večeří v posteli. Stále ještě v šoku jsem s radostí přijala roli invalidy na jeden jediný den.

V pondělí ráno jsem hned po ránu zamířila do obchodu s náhradními skly. Stačilo zaplatit spoluúčast a na místě mi to opravili.

Zazvonil mi telefon a byl to strážník Ramsey. Požádal mě, abych se dostavil na stanici: „A přivezte si auto." „To je v pořádku.

Vysvětlil jsem, kde jsem a proč. Řekl, že moje auto je „předmětem vyšetřování". Řekl, že budu pár dní bez auta.

Řekl jsem mu, že tam budu co nejdříve, a opustil jsem areál.

Později jsem čekal na červenou, když jsem si všiml mladého páru, který šel spolu a držel se za ruce. V druhé ruce držel šálek kávy. Ona pila ze zelené láhve. V jednu chvíli byli šťastní a vzápětí mu upustila ruku jako horký brambor. On na oplátku upustil horkou kávu a ta se mu rozlila po kalhotách a botách.

V mžiku vteřiny narazil na dno její láhve a ta vyletěla do vzduchu. Ti z nás, kteří čekali u světel, ji viděli vyletět. Bylo to jako raketa, která se vznesla přímo do nebeských výšin.

Snesla se dolů právě ve chvíli, kdy mladý pár vzhlédl.

Nejdřív zasáhla hlavu ženy, odrazila se od mužovy hlavy a skutálela se po chodníku na ulici.

Z auta jsem vystoupil jako blesk a cestou jsem vytočil číslo 911. Ostatní mě následovali a vystupovali ze svých vozidel. Zablokovali jsme celou křižovatku.

Dívka byla v bezvědomí a muž byl při vědomí.

„Sanitka je na cestě," řekl jsem.

Slyšeli jsme sirény. Viděli jsme policejní auta.

„Co tady proboha děláte?" Zeptal se Ramsey.

„Ach jo," odpověděl jsem.

***

Vysvětlil jsem mu situaci. Tentokrát tu byla spousta svědků.

Poté, co sanitka naložila dvojici dovnitř a odjela s křikem, policisté řekli všem, aby vyklidili prostor, kromě mě. S většinou svědků už mluvili.

„Zatýkáte mě?"

Vyměnili si pohledy.

„Potřebujete ještě zabavit moje auto?" ‚Ne,' odpověděl jsem. Předváděl jsem se, viděl jsem spoustu policejních představení.

„Můžete jít domů," řekl Ramsey.

„Víme, kde bydlíš," řekl Marshall s úsměvem. „Hlavně neopouštěj město, jo?"

Zasmál jsem se a vydal se na cestu.

***

Cestou domů nedošlo k žádným incidentům.

Dala jsem do trouby pečené kuře, oloupala brambory a nakrájela zeleninu a celou dobu jsem myslela na zelené lahve, které se přenášely vzduchem.

Šel jsem do kanceláře a zadal do vyhledávače „létající lahve". Na YouTube se mi objevil odkaz na chlápka, který dal do láhve bonbón a pak ji rozbil o zem. Nic se nestalo. Zaujalo mě to, a tak jsem pokračoval ve sledování. Když ji rozbil příště, láhev po kontaktu s obličejem kameramana vystřelila do vzduchu jako raketa.

Pak jsem narazil na experimenty Myth Busters, které potvrdily, že plná láhev má potenciál rozbít lebku. Naopak prázdné láhve to nedokázaly □ tento mýtus byl skutečně vyvrácen dvěma nedávnými úmrtími.

Vypnul jsem počítač. Nechtěla jsem o tom dál přemýšlet.

Na pokyn přišel Jasper. „Je všechno v pořádku, mami?"

Řekla jsem mu o posledním incidentu a o experimentech na YouTube.

„Děláš si srandu, že jo?"

Zavrtěla jsem hlavou a šla do kuchyně míchat brambory.

„Aby toho nebylo málo, na místo byli přivoláni policisté Ramsey a Marshall. Asi si myslí, že jsem nějaká smůla." ‚Cože?' zeptal jsem se.

„Je to maloměsto, mami, všichni si navzájem lezeme do zelí. Nahrával si někdo ten incident na mobil?" "Ne.

Z úst nemluvňat. Kdyby ano, možná by to bylo nahrané na internetu. „Jak to mám najít? Jaká klíčová slova máme použít?"

Vrátili jsme se do mé kanceláře a jistě tam byl.

„Musíte to říct policistům."

Strážník Ramsey odpověděl okamžitě. Jasper mu poslal přímý odkaz, zatímco já ho zasvěcoval do podrobností.

Brambory už byly skoro hotové, tak jsem vylila vodu a přidala trochu soli a pepře.

S Jasperem jsme se posadili k večeři a v pozadí zněla televize. Byly tam aktuální informace o dvojici, kterou zasáhla láhev. Odložili jsme příbory a posunuli se blíž. Hlasatel říkal, že stav dívky je kritický, ale stav chlapce je naštěstí stabilizovaný.

Už jsme neměli hlad.

***

Moc jsem toho nenaspala, pořád jsem se převalovala.

Nakonec jsem to vzdala a udělala si šálek čaje.

Stál jsem, držel ho v ruce a díval se z okna na vítr, který stále foukal a vířil věci kolem. Třásla jsem se.

V mém životě se dobré a hrozné věci vždycky děly po třech.

Šla jsem do své kanceláře a klikla na nějaké informace o nadpřirozených událostech včetně předzvěstí. Všechna znamení tam byla. Vesmír se mi snažil něco sdělit.

Ale co?

Znamení naznačovala, že by to mohl být zlý duch, někdo, kdo byl zavražděn nebo zabit předčasně. Někdo, kdo se potloukal kolem a chtěl se pomstít. Neviděl jsem žádnou spojitost s oběťmi. Byli to přece úplně cizí lidé.

Začal jsem zuřivě psát. Vytváření seznamů mi vždycky pomáhalo přijít věcem na kloub.

Do sloupce číslo jedna jsem zapsal sám sebe. Svobodný. Ovdovělá. V důchodu. Jeden syn. Pětatřicet let vdaná. Manžel zemřel na rakovinu tlustého střeva. Stádium 4. Oba rodiče zemřeli. Byla jsem jedináček. Naše rodina vždy žila v místě. Náš rodokmen sahal daleko do minulosti.

Do seznamu číslo dvě jsem zařadil Brenta Welche. Bylo mu třiatřicet let a byl právník. Vyhledal jsem si jeho nekrolog. Byl svobodný. Nikdy se neoženil. Žil sám. Jeho rodokmen sahal daleko do minulosti i v této oblasti. Jak to, že jsme se nikdy předtím nepotkali? Jeho příbuzní se zasloužili o to, že se naše obec stala obyvatelným místem už v dobách pionýrů. Jeho matka i otec už nežili. Byl jedináček.

Měli jsme několik společných věcí. To mě přimělo se posadit.

Do dalšího sloupce jsem zařadil Eileen Mannyovou. Bylo jí třicet devět let. Měla sestru-dvojče jménem Esther, která žila v okolí. Tolik k této teorii. Měly místní kořeny, ale ty nesahaly tak daleko jako Brent a moje. Eileen byla vdaná, ale její manžel už zemřel.

Eileenini rodiče byli oba naživu, ale odstěhovali se. Eileenina dcera chodila do stejné školy jako Jasper. Bylo zvláštní, že se naše cesty nezkřížily už dřív.

Moje seznamy obsahovaly jen málo informací a absolutně mi nepomohly.

Ospalá jsem se vrátila do postele, kde mi v hlavě vířily seznamy zbytečných informací.

***

Nesmírně silně pršelo, ale mraky nebyly na svých obvyklých místech. Místo toho se nacházely pode mnou. Pršelo, a to od země nahoru. Další příznak klimatických změn a znečištění měst?

Vznášela jsem se mimo sebe, zatímco mé nohy zůstávaly pevně usazené uvnitř mých Něžných zoubků. Nohy jsem měla schované pod květovanou pestrobarevnou sukní ve stylu šedesátých let. Vál vítr a odhaloval je, jak se sukně svažovala ven a pak zase zpátky dovnitř. V pase jsem měla pásek z velmi silné hnědé kůže. Byl příliš těsný, stahoval mě.

Byla jsem snad mrtvá?

Štípla jsem se. Takže ne mrtvá.

Měla jsem na sobě bílou halenku s vysokým nařaseným límcem a náhrdelník, korálky, černý, růženec. Projížděla jsem chladné korálky prsty a snažila se to všechno rozluštit, ale nemohla jsem si vzpomenout, co s tím.

Vítr mě zvedl a odnesl. Hnal mě dopředu a dozadu.

Dlouhé vlasy se mi hadily po zádech v jednom pevném copu.

Stála jsem tehdy na kousku země, nad mraky. Nebylo tam moc místa, kde by se dalo pohybovat beze strachu z pádu.

„Mami! Mami! Vzbuď se! Probuď se, prosím.“

Byl to Jasper. Byla jsem zpátky.

Vykřikla jsem, když mi zelená ohnivá koule zpěnila vlasy a roztavila růženec. Stékala mi po hrudi a skrz prsty.

***

Posadila jsem se a podívala se na prsty, očekávala jsem, že uvidím prosakovat zelené krůpěje, ale byly čisté jako lilie. Byl to jen zlý sen.

Můj syn na mě stále volal. Odběhla jsem do obývacího pokoje a několikrát jsem otevřela a zavřela oči, abych se ujistila, že vidím to, co vidím. To byl ale zmatek!

Střechou mého domu se probořila nějaká zelená věc. Cestou dolů na místo svého posledního odpočinku (do sklepa) rozbila a zničila všechno, co jí stálo v cestě, a přitom kolem mého domu rozprašovala neonově zelenou látku jako pes, který si značkuje své území. Ten odstín zelené by byl možná hezký, kdyby jí nebylo tolik a kdyby nebyla náhodně rozstříknutá všude kolem.

„Co to proboha je?“

„Copak jsi to neslyšel?“ Jasper se zeptal. „Bylo to jako sonický třesk.“

Přistoupil jsem blíž k díře. Nic jsem neslyšel. Spala jsem, snila jsem. Teď jsem byl vzhůru a neměl jsem slov. Zkřížil jsem ruce a podíval se dolů. Stoupala z ní pára. Natáhl jsem dlaň, a i když to bylo o patro níž, cítil jsem, jak teplo stoupá. Pokusil jsem se promluvit, ale neměl jsem slov.

Jasper mě pozoroval a čekal, až něco řeknu.

Nevypadalo to na nic moc, zapuštěné do podlahy mého sklepa. Nebylo to kulaté, čtvercové ani ve tvaru vejce. Mělo to mnoho stěn, bylo to trojrozměrné, kulovité, téměř euklidovské, pevný dvanáctistěn.

„Neměli bychom někoho zavolat?" Jasper se zeptal a naklonil se přes okraj vedle mě.

„Nejsem si jistý, komu bychom měli zavolat. Nám se nic nestalo, jde o ten dům. Nejde o ducha, takže by nám nepomohl ani tým na likvidaci duchů. Nejsem si jistá, jestli Neil deGrasse Tyson nebo některý z vědeckých časopisů obvolává domy."

Jasper se zasmál. „Určitě bych si přál, aby tu Stephen Hawking ještě byl."

„Myslím, že to je spíš záležitost Stephena Kinga," řekl jsem.

Byli jsme v šoku, ale drželi jsme ho pohromadě s humorem.

„Musíme se tam jít podívat zblízka." "To je pravda.

„Já nevím, mami, ta věc vyzařuje teplo. Mám pocit, že se spálím, jen když tu stojím."

Měl pravdu, ale já si toho nevšimla, protože návaly horka byly v mém věku normou.

„A co policie?" Jasper se zeptal, vytáhl telefon a pořídil několik fotografií.

„Nejsem si jistý, jak by mohli pomoct, ale aspoň jsou v dojezdové vzdálenosti." Děsila jsem se představy, že budu mluvit s policisty Ramseyem a Marshallem.

„Tohle jsem vyfotil," ukázal mi Jasper, "když to prolétlo střechou."

Na fotografii té věci v pohybu dolů bylo vidět, jak se skládá a rozkládá těsně před dopadem.

„Je to zkreslené," řekl Jasper. „Pohybovalo se to opravdu rychle."

Vytočil jsem číslo na policejní oddělení a strážník Ramsey měl volno, takže jsem požádal o strážníka Marshalla. Po mém vysvětlení se zeptal: „To je nějaký vtip?" „Ano," odpověděl jsem.

Když už jsem mu předtím poslal fotku, poslal jsem mu ji i teď. Důkaz. Čekal jsem.

Důstojník Marshall se zeptal, jestli se někomu něco stalo, a já potvrdil, že jenom domu. Vysvětlil jsem mu náš záměr jít dolů a podívat se na to zblízka. Navrhl, abychom na něj počkali a prohlédli si to společně.

Po zavěšení jsme s Jasperem šli do kuchyně a já postavila na čaj.

„Proč ze všech domů na světě zrovna ten náš?" zeptal se.

„Právě jsem přemýšlel o tom samém, synku." Taky jsem přemýšlel o pojišťovně a o tom, co na to řeknou. Nejdřív rozbité čelní sklo a teď zdemolovaný dům. Nalil jsem vodu do instantní kávy a posadili jsme se.

„Kdyby to bylo z nefritu, byli bychom smradlaví boháči," řekl Jasper.

„Ano, Číňané říkají nefritu drahokam nebes."

Usrkávali jsme a chodili kolem a dívali se dolů, sálalo z něj teplo. Vstával. Napadlo mě, jestli není dost horký na to, aby zapálil zbytek domu. Rozhodl jsem se zavolat hasiče.

***

Krátce nato nám u dveří začali zvonit nečekaní hosté. Nebyli to policisté ani hasiči. Byli to naši sousedé. Slyšeli náraz, shromáždili se a přišli to prozkoumat (a zjistit, jestli jsme v pořádku).

Protlačili se dovnitř a viděli, že jsme já i Jasper v pořádku.

„Tady je určitě horko," řekl Artois odnaproti. Byl známý tím, že říkal zatraceně zjevné věci.

„Co se děje?" zeptala se jeho žena a nakoukla do díry.

„Tvůj odhad je stejně dobrý jako můj," řekl jsem.

„Jsou tu policajti," řekl Jasper a šel je pustit dovnitř.

„Vraťte se do svých domovů," požádal strážník Marshall, ale nikdo se ani nepohnul.

Přijeli hasiči s připravenými hadicemi. Sledovali žár a stříkali objekt shora. Místo aby se ochladilo, syčelo to a prskalo. Vyšla další pára. Bylo to čím dál žhavější, až se nám to rozpouštělo z oblečení.

„Stáhněte se! Stáhněte se!" Důstojník Marshall se dožadoval. Chlapi v ochranných oděvech necítili horko tak jako my. Během několika vteřin přestali s vodním útokem.

V tu chvíli dorazil zástupce pojišťovny: „Páni!" řekl.

To bylo to poslední, co jsem slyšel.

***

Probral jsem se v posteli s peřinou vytaženou až ke krku a byl jsem si jistý, že se mi právě zdál zlý sen o zelené věci, která se řítila stropem. Šel jsem to prozkoumat.

V obývacím pokoji jsem spatřil obří naběračku, která byla spuštěna do díry s úmyslem vyzdvihnout zelený kráter z mého domu. Znělo to jako dobrý plán.

Ústí té věci se otevřelo, velké, větší, pak tak velké, jak jen to šlo. Vjela pod věc s připravenými čelistmi a sevřela se.

„Všechny systémy spuštěny!" někdo vykřikl.

Přístroj se zkroutil a zaskřípal. Vypísklo to a pak se to s povzdechem a zlomenou čelistí vzdalo. Kovové zuby se ohnuly a zkroutily, jak se to, co zůstalo připevněné ke zvedacímu aparátu, vytáhlo zpátky nahoru.

„Co teď?" Zeptal jsem se.

„Madam," řekl strážník Marshall, "co kdybyste se se synem na pár dní ubytovala v hotelu? Možná máte i pojištění, které by to pokrylo."

„Boží zásah," řekla jsem.

„Můj švagr je pojišťovák a ptala jsem se ho na to. Říkal, že většina pojistek se vztahuje na meteority, takže pokud se nám podaří zjistit, jestli ta věc je meteorit, tak bude všechno kryté."

„A kdo rozhodne, co to je, nebo není?"

„Kontaktovali jsme někoho, kdo by nám mohl poradit nebo nás nasměrovat správným směrem."

Posadil jsem se do svého oblíbeného křesla □ bez výjimky můj kousek klidu v chaosu.

***

Když se nikdo nedíval, sešla jsem dolů, abych si tu věc prohlédla zblízka. Jak jsem se přibližoval, zdálo se mi, že kromě zvyšujícího se tepla se ozývá nějaký zvuk, hučení nebo bzučení, které bylo tím silnější, čím blíž jsem byl. Byl tam také zápach, který mě přinutil přiložit si ruku na nos.

Když jsem stál vedle ní, zmocnil se mě pocit, jako by se všechno obrátilo vzhůru nohama. Ve skutečnosti, když jsem se podíval nahoru, hosté, kteří stáli v obývacím pokoji, se zrcadlili dole, jako by jejich tělo bylo v horním patře a jejich stín dole plul podlahou se mnou. Byl to zvláštní pocit, jako bych byla dole, ale ne sama.

Věci podobné stínům byly zrcadlové obrazy se zelenými světly, energie vedoucí k objektu. Studoval jsem hosty nahoře a jejich protějšek dole; když se pohnuli, pohnula se i jejich stínová energie.

Obešel jsem jeden z paprsků a přiblížil se ke spadlé hmotě a teplo se zmírnilo. Když jsem sledoval vzorec využívající stínové energie, mohl jsem se dostat blíž k padlému objektu.

Při bližším zkoumání mě zaujaly štěrbiny na povrchu věci. Měly tvar očí, ale nebyla v nich zornička, víčko ani řasy. Po obkroužení jsem pocítil závrať.

Abych se uklidnil, opřel jsem se rukou o zeď. Vzápětí jsem si uvědomil, že se zeď posunula a já se ocitl před domem. Ze zdi mého sklepa se stal turniket.

Kromě trávy nic vzadu nevypadalo tak, jak by mělo. Kůlna byla pryč, stejně jako stojan na kola a kolo mého syna. Další věc, všechny sousední domy byly pryč.

Začal jsem chodit a přál si, abych měl k domu připevněný provaz, kterého bych se mohl držet, kdybych se ztratil,

Podíval jsem se nahoru a nebylo tam žádné slunce ani obloha. To, co je nahradilo, byla jen zeleň nahoře a všude kolem, kromě stromů. Stromy byly bez větví, pouhé kmeny sahající k nebi.

Štípl jsem se, abych se ujistil, že jsem vzhůru. Byl jsem.

Otočil jsem se a pozoroval svůj dům. Přibližující se objekt byl vidět, napůl uvnitř a napůl venku.

Na okamžik jsem se chtěl otočit, dokud mě nepřepadl pocit. Měla jsem chuť si zazpívat a udělala jsem to. The Green, Green Grass of Home od Toma Jonese .

Kolébal jsem se a tančil sám se sebou, bylo to, jako bych se vznášel v oblacích. Pak jsem měla na mysli ruku, ruku mého manžela Luthera.

Objala jsem ho kolem krku a on udělal totéž kolem mého.

Políbili jsme se a tančili.

Když píseň skončila, uklonil se, políbil mě a zmizel.

Utřela jsem si slzu.

***

Cítila jsem se teď ještě osamělejší než v den, kdy zemřel, objala jsem se kolem ramen a vydala se k domu.

Znovu jsem se vrátila dovnitř a upoutal mě předmět, který jako by se pohyboval a bzučel. Něco jiného, otáčelo se to proti směru hodinových ručiček.

Nahoře jsem uslyšela výkřik následovaný nárazem. Otvorem propadlo tělo, spojilo se se svou stínovou energií a pak spočinulo na povrchu objektu. Tělo muže zasyčelo a rozprsklo se, až z něj zbyl jen tvar písmene X v místech, kde se rozprostřely mužovy ruce a nohy.

Žaludek se mi zvedl, když jsem se vydal nahoru.

***

Prázdné obličeje mluvily za vše.

Šel jsem za Jasperem a zeptal se, kdo je ten muž. Vysvětlil mi, že to byl kameraman z místních novin. Snažil se získat co nejlepší záběr, ale příliš se naklonil.

„Všichni ven!" Marshall se dožadoval. Tentokrát nebral ne jako odpověď.

Jasper a já jsme měli náš domov zase sami pro sebe, tedy to, co z něj zbylo.

***

Strážník Marshall a další dva policisté stáli před mým domem.

Další dva policisté dorazili a byli rozmístěni vzadu.

Ohraničili oblast páskou. Přinutili zvědavé sousedy přejít ulici.

Jasper a já jsme odhrnuli závěsy a vykoukli ven právě ve chvíli, kdy průvod černých vozidel se skřípěním zastavil. Dveře se otevřely současně jako ve scéně z filmu Muži v černém. Černé obleky. Ray-bans.

„Ach jo," řekl strážník Marshall. „Myslím, že expert, kterého jsme kontaktovali, možná přivedl úřady."

„No páni, to se mu povedlo," řekla jsem.

„Páni," vykřikl Jasper, když spočinul pohledem na jediné ženě v doprovodu.

Byla oblečená do červeného dvoudílného kostýmku se sakem na míru a sukní nad kolena. Pod sakem měla bílou halenku s otevřeným límečkem a náhrdelník s diamantovým srdcem. Vzhled završoval pár sedmicentimetrových červených podpatků a odpovídající kabelka.

Muži se drželi zpátky, když žena stoupala po schodech.

Byla zjevně vůdkyní smečky.

Jasper a já jsme šli ke vchodu po boku Marshalla a dalších dvou policistů. Vytvořili jsme půl podkovy.

Žena ukázala průkaz totožnosti. Byla z Národní bezpečnosti a měla s sebou dalšího agenta. Byli tam dva z FBI, dva z CIA a dva z Oddělení pro ochranu cizinců. Dva z tajné služby.

„Kde to je?" dožadovala se žena. Jmenovala se Charlotte Cassidyová. Sundala si tmavé sluneční brýle a její havraní vlasy okamžitě kontrastovaly s modrýma očima. V ruce nesla předmět, který tikal. „Není to tak velké, jak jsem si představovala." ‚A co je to?' zeptala se. Přiblížila se k otvoru s nataženým přístrojem a ztichla.

„Detektor záření?" Jasper zašeptal.

Pokrčil jsem rameny.

Muž z CIA, Frank Dune, si neustále nasazoval a zase sundával sluneční brýle, i když byl uvnitř. Bylo to velmi otravné. Jeho parťák Jake Flatts do něj strčil loktem a řekl mu, ať toho nechá. „Madam, co víte o tomhle předmětu?" ‚Ano,' řekl.

„Spadl mi přes střechu. Je to směšně horké. Hučí to, někdy to bzučí. Pokoušeli se to odtud dostat vysokozdvižným vozíkem, rozbilo se to." ‚A co?' zeptal se. Přistoupil jsem blíž a pokynul, abych vysvětlil něco o útvaru ve tvaru písmene X, který tu zanechal mrtvý chlap.

„Je to pryč," řekl Jasper.

„Co je pryč?" Zeptala se Charlotte.

Strážník Marshall se ozval. „Spadl do něj fotograf a roztavil se na něm. Byl tam otisk jeho těla ve tvaru písmene X, ale už není vidět." ‚Co se děje?' zeptal se.

„Možná tam nikdy nebyl?" řekla.

„Rozhodně tam byl," řekl jsem, "máme na to spoustu svědků."

„Ježíši!" řekl jeden z chlapů z Oddělení pro ochranu cizinců (T.D.F.T.P.O.A.). Jmenoval se Alex Greene a měl sto chutí se tam jít podívat.

Charlotte se ujala vedení a navrhla, aby se skupina rozdělila. Ukázala, kdo má zůstat nahoře a kdo má jít dolů s ní. Do té druhé skupiny jsem patřil i já.

Alex Greene a jeho partnerka Jessie Filtchová byli zjevně rozmrzelí, že byli vyloučeni, ale Charlotte usoudila, že bude nejlepší, když se ona a její tým dostanou k nebezpečí jako první, než pustí ostatní.

***

Když jsem došla ke spodnímu schodišti a šla pomalu, abych mohla cestou přemýšlet □ být stará má někdy své výhody □ přemýšlela jsem, jestli jim mám říct o tanci s manželem. Uvědomila jsem si, že bych měla, i když jim do toho vlastně nic není.

Okamžitě jsem si všimla změny v předmětu. Ve dvou otvorech připomínajících oči byly dvě skutečné oči. Barva však nebyla lidská, protože v pozadí byly zelené skvrny a na místě zornice bylo cosi ohnivě červeného. Zalapal jsem po dechu a šel dál.

Jakmile jsem se vzpamatoval, očekával jsem, že hosté budou ohromeni nebo alespoň zaujati stíny vycházejícími z lidí nahoře. Kupodivu si toho nevšimli.

Charlotte byla zaneprázdněná tím, že kolem sebe mávala svým už netikoucím tykadlem. Přistoupila ke mně blíž. „Co přesně tě na té věci znepokojuje? Mně to připadá naprosto neškodné.“

Od toho, abych řekl něco, čeho bych litoval, mě zachránil P. G. Willow (zkráceně Tučňák) □ zástupce Národní bezpečnosti. „Buďte trochu citlivý, ano? Dům této ženy byl napaden a rozbit na kusy.“ „Uvažoval jste o tom, že by se mohla vylíhnout?“ odmlčel se.

„Vždyť to ani nemá tvar vejce,“ opáčila Charlotte po posměchu.

„Vejce, jak ho známe,“ opáčil Tučňák.

Charlotta vykulila oči.

„To, co mi dělá starosti,“ řekl jsem a snažil se neznít příliš rozzlobeně, i když jsem se rozzlobeně cítil, "není ani tak tahle věc, ale vy všichni, co se mi potloukáte po domě. Proč tu vlastně jste? Proč tady nejsou chlapi z Oddělení pro ochranu cizinců místo FBI, CIA a Národní bezpečnosti?“ ‚Ne,‘ odpověděla jsem.

„Je tu hrozné horko,“ nabídl Charlottě kontrétní muž z Vnitřní bezpečnosti. Jmenoval se Brad Hitt a uměl konstatovat zatraceně jasné věci, stejně jako můj soused.

Kličkoval jsem kolem a snažil se upoutat pozornost ke stínům. Přecházela jsem mezi nimi a vystupovala z nich. Nic.

Byl jsem snad jediný, kdo je viděl?

„Co jsou to za mezery na povrchu?“ zeptal jsem se. Hitt se zeptal.

Přistoupil jsem k nim a zeptal se ho, které to jsou. Zajímalo mě, co vidí a co nevidí. Řekl, že stovky nebo tisíce prázdně vypadajících štěrbin. Pak natáhl ruku a byl by se té věci dotkl, kdybych ho včas nezastavil.

„Chceš se zabít?“

Charlotte se ozvala: „Myslím, že už jsme toho viděli dost. Ta věc potřebuje zchladit. Zavolej hasiče. Až ji ochladí, můžeme ji odtud odvézt. Snadno, snadno.“

Řekl jsem jí, co se stalo, když to hasiči zkusili.

Charlotte mluvila přímo do telefonu: „Dotyčný předmět se zahřívá, když se na něj lije voda. Opakuji, že se zahřívá, místo aby se ochlazoval, když se na něj nalije chladná voda.“ Přešla přes místnost. Všichni jsme ji následovali.

„Počkejte chvíli,“ řekl Hitt. Všichni jsme čekali. „To je jedno,“ řekl.

Charlotte a její doprovod odešli poté, co nám dali konkrétní instrukce:

#1. Nikdo nový nesmí do domu.

#2. Žádné zveřejňování čehokoli na sociálních sítích nebo kdekoli jinde bez jejího svolení.

Pak byli pryč, až na dva.

***

Zůstali Alex Greene a jeho partnerka Jessie Filtchová. Ti dva z Oddělení pro ochranu cizinců.

„Mami, můžu na slovíčko?“

Omluvili jsme se a šli do mé kanceláře.

„Mami, myslím, že ti dva jsou idioti.“

„Jaspere, to jsou ale řeči.“

„Myslím, že bychom měli někoho zavolat, nějakého odborníka. Jako Sam a Dean v seriálu Supernatural. Ti by věděli, co dělat.“

Zavrtěla jsem hlavou. „Ehm, Jaspere, jsou to fiktivní postavy.“

„Já vím, mami, ale takoví kluci musí být i ve skutečném životě.“

„Proč si neprohlédneš internet a nepodíváš se, na co bys přišla?“

Nechala jsem Jaspera v kanceláři a šla najít Alexe a Jessie. Měli na sobě nějaké podivné ochranné pomůcky včetně uniforem a masek a se zbraněmi, které měli u sebe, vypadali jako Krotitelé duchů.

Čekala jsem, že je povedu, ale místo toho jsem kluky následovala. Táhli s sebou tolik věcí navíc, trubek a udělátek. Jeden z kluků si tykal.

Kluci dobře spolupracovali, s podivnou osmózou. Jeden věděl, co si ten druhý myslí, ještě než začal komunikovat. Přiblížili se k předmětu a v ochranných rukavicích na něj položili ruce. Jejich obleky zpočátku odváděly práci □ na první pohled. Vyměnili si pohledy a navzájem si zvedli palce.

Přistoupil jsem o něco blíž a ucítil zvláštní pach. Něco se pálilo. Nejdřív se rozhořela Jessiina rukavice a pak Alexova. Přeběhli k umyvadlu a druhou rukou si strhli rozpadlé rukavice. Ruce měli popálené, ale nebylo to tak hrozné, jak by mohlo být.

„Páni!" Jessie se ozval, když si sundal masku. „Ten parchant je žhavější než peklo."

Tenhle výlev pravdy mě rozesmál, když si Alex sundával masku. „Všimla sis té věci?

Oba muži se podívali jeden na druhého a pak na mě. Nebyl jsem si jistý, na co narážejí, a tak jsem mlčel.

„Jo, říkala Jessie. „Ty oči."

Překvapilo mě, že je vidí, a řekl jsem to.

„Počkejte," řekl Alex. „Chceš nám říct, že je vidíš i bez oční výstroje?"

Přikývl jsem.

„Co ještě vidíš?" Jessie se zeptala.

Zaváhal jsem a řekl, že se hned vrátím. Nasadili si kukly a já jsem šel nahoru demonstrovat stínovou energii. Čekala jsem a čekala, že od nich něco uslyším, třeba výkřik nadšení, ale nic jsem neslyšela."

„Aha, ty ses vrátil," řekli.

„Všimli jste si něčeho?"

„Můžu použít vaši koupelnu?" Alex řekl a šel nahoru.

Jessie si nasadil kapuci, a když se Alex vrátil, vyměnili si pohledy.

„Takže ty vidíš stíny?“

„Prostrčili jsme jimi ruce,“ přiznal Jessie. „A taky jsme si to přečetli.“

Přistoupil jsem blíž. „Tak mě nenapínej.“

„Je to záře ionizovaného vzduchu, Rydbergovy atomy, proto ten zelený odstín,“ řekl Alex. „Těžko se to vysvětluje, protože se to obvykle vyskytuje jen ve vesmíru nebo na místech, jako je polární záře. Je to nesmírně vzácné, chci říct, že je to neslýchané u někoho ve sklepě.“

Měl jsem pusu dokořán. Zavřel jsem ji.

„Na bázi hliníku,“ vysvětlila Jessie. „Není toxický ani nebezpečný. Myslíme si, že ten předmět je tu náhodou, z velké, velké dálky. Vzhledem k jeho velikosti a tvaru, nemluvě o jeho váze, nebude snadné poslat ho zpátky. Vlastně na to nejspíš nemáme technologii.“

„Potřebuju se napít,“ řekl jsem.

Když jsem mířil nahoru, Jessie se zeptala: „A co ta zeď?“

„Za předpokladu, že ji vidí,“ řekl Alex.

Předstíral jsem, že jsem je neslyšel, a pokračoval jsem. Pak jsem do sebe hodil panáka whisky.

„Mami?“

„Jsem v kuchyni, lásko.“

„Našla jsem dva chlapy, jako Sam a Dean. Právě sem jedou, asi pětačtyřicet minut cesty, používají GPS. Doufám, že ti to nevadí, ale nabídla jsem jim běžný účet. Až sto dolarů na pokrytí jejich výdajů.“

Usmál jsem se. „To je v pořádku.“

„Mají webové stránky a spoustu referencí a zkušeností s nadpřirozenem, okultismem a mimozemšťany.“

„Dobrá práce, Jaspere. Dej mi vědět, až přijedou. Já zatím zaměstnám ty dva hosty dole.“

„Jsi v pořádku, mami? Vypadáš trochu unaveně?“

„Jsem unavená, ale zároveň se na to těším.

„Já taky!“

***

Vrátila jsem se do sklepa a potvrdila, že ji vidím.

„Už jsi to prošla? Na druhou stranu?“ Jessie se zeptala.

„Šel jsem tam a opřel se o zeď takhle.“ Předvedl jsem to a opět jsem prošel přímo skrz. Kluci už byli oblečeni a následovali mě.

„Jaký je tu vzduch?“ Jessie se zeptala.

„Je svěží a krásný.“

Sundali si masky.

„Kdy jste si poprvé všimli prázdnoty?“ Alex se zeptal.

„Vlastně ne, jen jsem se do ní náhodou naklonila.“

„S tou zelenou oblohou to vypadá dost zvláštně,“ řekl Alex. Dotkl se trávy a řekl, že mu připadá umělá.

Šli opačným směrem, než kam jsem šel předtím já. Šel jsem těsně za nimi. Šli jsme docela dlouho a pozorně naslouchali tichu. „Proč jste tomu, chlapci, říkali prázdnota?“

„Jen si dělal legraci,“ řekla Jessie. „Prázdnota je to, jak se něčemu takovému říká ve světě her nebo virtuální reality. Zatím si nejsme jistí, co to je, ale máme pocit, že tenhle svět je svět, ze kterého pochází váš předmět.“

„Ve skutečnosti," dodal Alex. „Ta věc by tu byla zamaskovaná jako chameleon."

Uslyšel jsem hlasité zapískání. Zajímavé bylo, že jsem na tomto jiném místě slyšela zvuky zevnitř svého domu. Alex a Jessie na ten zvuk nereagovali, když jsem se vrátil ke vchodu a vešel rovnou dovnitř. Kluci mi byli v patách, ale neprošli. Natáhla jsem ruku do prázdna (pro nedostatek lepšího slova) a pak ji stáhla zpátky. Byla naplněná rosolovitou zelenou hmotou. Znovu jsem tam vlezla oběma rukama a zoufale se natáhla po Jessie a Alexovi. Křičela jsem skrz zeď jejich jména a dokonce jsem se snažila protlačit zpátky, ale neměla jsem štěstí.

Jasper hlasitě zašeptal.

„Přiveď je sem dolů, Jaspere, myslím, že potřebujeme jejich pomoc □ TEĎ."

***

Náš Sam a Dean byli dva mladí kluci, sotva starší než Jasper. Byli obtěžkáni vybavením, když sestupovali po schodech dolů. Nejvyšší z nich měl světlé vlasy a jmenoval se Bert (zkratka pro Alberta) a druhý mladík, který měl účes ve vojenském stylu, se jmenoval Leo (zkratka pro Galilea).

Poté, co jsme si vyměnili pár zdvořilostních poznámek, jsem jim vysvětlil, že chybí agenti a že je prázdno.

Leo mluvil do mikrofonu, který měl na svém telefonu. Popsal objekt včetně jeho velikosti a rozměrů. Požádal mě, abych mu vysvětlil, jak prázdnota funguje.

Bert přistoupil k zelenému objektu, aby si ho prohlédl zblízka. Natáhl ruku a dotkl se objektu dřív, než jsem ho stačil zastavit. „Je to úplně v pohodě," řekl. „Myslím teplotně. Vzhledem k tomu, jak to Jasper předtím popsal, bych řekl, že se tam něco zkratovalo."

Sám jsem se ho dotkl; byl výjimečně hladký a chladný. Hledala jsem pár očí, ale bez úspěchu. Přemýšlela jsem o stínech a požádala Jaspera, aby vyběhl po schodech, abych to mohla zkontrolovat. Nic. Bert a Leo mě pozorně sledovali.

„Myslím, že ať už tuhle věc vlastní kdokoli, musí na ní mít vlečný paprsek."

„Měli bychom říct, MĚL na tom vlečný paprsek," řekl Bert. „Protože to vypadá, že se porouchal."

„Můžu už jít dolů?" Jasper se zeptal.

Omluvil jsem se, že jsem na něj zapomněl.

„Ti kluci na druhé straně, jak se jmenují?" zeptal jsem se. Leo se zeptal.

Zavolali jsme na ně. Nic.

„Takže ta věc s vlečným paprskem," řekl jsem, "přestala fungovat, tak jak ji opravíme? A když to opravíme, budou to moct zase navinout zpátky?" ,Ano,' odpověděl jsem.

„Kdybychom dokázali otevřít prázdnotu, tak ten předmět protlačíme skrz," řekl Leo.

„A dostat kluky zpátky," dodal Jasper.

Pořád bych měl ve střeše obrovskou díru, ale pak bych ji aspoň mohl opravit.

Společně jsme se všichni čtyři postavili na jednu stranu objektu. „Počítám do tří," řekl Bert a tlačili jsme do toho ze všech sil.

„To byl chytrý nápad,“ řekl Bert, když se nám s tím nepodařilo pohnout ani o píď. Chvíli váhal a pak se zeptal: „Když jste byli na druhé straně, cítili jste nějaké nebezpečí?“ „Ano,“ odpověděli jsme.

Zamyslel jsem se. Necítil a řekl jsem to. „Jednu věc,“ přiznal jsem. „Jaspere, tohle pro tebe bude šok. Doufal jsem, že ti to řeknu v soukromí.“

Vysvětlila jsem mu o tanci s manželem. S obavami jsem se Jaspera zeptala, co si o tom myslí. Řekl, že si jen přál, aby tam byl se mnou.

„Ptal se na mě?“

Přála jsem si, aby to udělal, ale neudělal to. Všechno se to seběhlo tak rychle.

„Ujasněme si jednu věc,“ přerušil mě Alex. „Nebyl to tvůj manžel. Byl to projev tvého manžela. Nadpřirozené bytosti umí číst myšlenky, některé umí vyvolávat duchy, a dokonce replikovat živé.“ ‚Cože?‘ zeptal jsem se.

„Ale on byl skutečný, dokonce i voněl.“

„Přesně to chtějí, aby sis myslela,“ řekl Leo.

Venku jsem slyšel, jak se pneumatiky aut zastavily.

„Jsou zpátky,“ řekla jsem, když jsme se vydali ke vchodovým dveřím.

„Sakra,“ řekli Leo a Bert. „Máme právo tady být. Nikam nejedeme.“

Otevřel jsem dveře.

Stáli jsme pevně na místě s mocným pocitem cílevědomosti a odhodlání, že se nenecháme pohnout.

***

V čele smečky tentokrát nestála Charlotte. Místo ní to byl prezident.

Byl vyšší než všichni ostatní, oblečený v silném kabátě, který ještě zvýrazňoval pár kožených rukavic. Jeho bodyguardi se drželi blízko, mluvili do mikrofonů a viditelně se rozpalovali.

„Pane prezidente," řekl jsem s pukrletem. Natáhl ke mně ruku bez rukavic. Představila jsem ho Jasperovi, pak Bertovi a Leovi. „Vítejte v mém domě, pane prezidente."

Sklonil hlavu, vešel dovnitř a zeptal se: „Tak kudy prošli?" „Ano," odpověděl jsem.

Jak to věděl? Napíchli mi snad dům? Byl jsem naštvaný a řekl jsem to.

Charlotte přistoupila s nataženým telefonem a stiskla tlačítko play. Na telefonu měla zprávu od Jessie a Alexe.

„No nazdar!" Bert vykřikl.

„Proč jsme na to nepřišli?" Leo se zeptal.

„Teď už bys to neudělal, že ne?" Charlotte to řekla s nevhodnou arogancí, která podle prezidentova zvednutého obočí naznačovala, že se mu to nelíbí.

„Pojďte za mnou," řekla jsem a vedla je do sklepa.

„Počkejte chvíli," řekl prezident. „Jak to, že tahle věc už nevydává teplo?" ‚Ne,' odpověděl jsem. Otočil se na Charlottu. „Myslel jsem, že jsi říkala, že je to rozpálené."

Charlotte si uvědomila, že prezident má pravdu, a požádala o upřesnění.

„Zdá se, že se to stalo, když kluci odešli do prázdna," nabídl jsem.

„Zavolej jim znovu," nařídil prezident, Charlotte to zkusila, ale nezvedali to.

Bert řekl prezidentovi: „Zrovna jsme zvažovali možnost, že bychom to odtud odvalili, když už je to v pohodě. Pokud se nám podaří otevřít prázdnotu a dostat kluky dovnitř a ji ven, dalo by se to považovat za výměnu dobré vůle."

„Komu?" zeptal se prezident.

„Tomu, kdo to sem poslal," řekl Leo.

„Prosím, řekni mi víc," řekla prezidentka a za chvíli se kolem ní shromáždila Charlotte a její doprovod a také poslouchala.

„Myslíme si," řekl Leo, „že ať už ta věc patří komukoli, musel na ni být namontován vlečný paprsek. Myslíme si, že vlečný paprsek selhal □ ale v každém případě musíme ty dva chlapy dostat ven, než se znovu zapne."

Prezident potřásl Leovi a Bertovi rukou. Obrátil se k Charlotte. „Najmi tyhle dva."

Chlapci mu polichotili, ale jeho nabídku odmítli, pak mu vysvětlili své minulé zkušenosti s nadpřirozenem, okultismem a mimozemšťany. Řekli prezidentovi o svých více než pěti milionech zhlédnutí na YouTube a milionech sledujících na sociálních sítích.

„Tak to je velmi působivé," řekl prezident. Ruka mu vklouzla do kapsy, vytáhl dvě vizitky a podal je chlapcům. Ti mu na oplátku dali své vizitky.

„A teď přejděme k věci," řekl prezident. „Jak dostat naše kluky zpátky, a to co nejdřív."

Opřel jsem se o zeď, jako jsem to dělal už předtím, a doufal, že projdu, ale tentokrát to nevyšlo.

***

Podařilo se nám zeleným předmětem nepatrně pohnout, takže byl na místě, kdyby se prázdnota otevřela.

„Teď už můžeme jen čekat," řekl prezident. Pak si zavolal Charlottu, poděkoval nám za to, že jsme vynikající občané, a pak podal návrh na odjezd.

„Mohu vás o něco požádat?" Bert se zeptal.

„Jistě," řekl prezident.

„Můžeme si udělat selfie pro naše webové stránky?" ,Ano,' odpověděl Bert.

Prezident řekl: „Žádný problém," a udělali si jich několik.

Vyšli jsme nahoru a čekali na znamení. Jakékoliv znamení.

***

Den se změnil v noc.

Venku hvízdal vítr a rachotil střešními taškami, jako by běžel závod sám se sebou. Zavřel jsem oči, zavrtěl se, podíval se a škvírou ve stropě jsem zahlédl paprsek světla v hvězdné, hvězdnaté noci.

Zalapala jsem po dechu a za chvíli už všichni stáli vedle mě a dívali se nahoru.

„Páni!" Leo vykřikl. „Myslím, že je to vlečný paprsek."

„Mluvíš o tom, jak mě přenášíš, Scotty!" Bert řekl.

Tažný paprsek se spustil dolů, proplétal se dírou a sjížděl do sklepa, kde se zachytil na zeleném předmětu. Vlečný paprsek byl také zelený, ale třpytil se a chvěl, když se natáhl a uchopil věc.

Jakmile se ho pevně zmocnil, zdálo se, že se zastavil, a pak nahodil motory. Zvuk byl ohlušující a všichni jsme si zacpávali uši, když to nejprve zvedlo objekt od zdi a pak pomalu, ale vytrvale k nebi.

Nemohli jsme od něj odtrhnout oči. Mohlo nám hrozit nebezpečí □ přesto jsme nedokázali odvrátit zrak. Stoupalo to stále výš a výš a do noční oblohy. Vyšli jsme ven, abychom se podívali víc, co je na druhém konci, ale ze všech úhlů pohledu nebylo vidět nic kromě paprsku zelené čáry, která objekt nesla pryč.

Jakmile byl úplně pryč, tak vysoko, že byl pouhým okem neviditelný, zůstali jsme spolu tiše stát, dokud jsem neřekl: „Dobře, objekt je pryč, ale co uděláme s Alexem a Jessie? Jsou stále uvězněni v prázdnotě.“

„Asi potřebujeme plán B,“ řekl Leo.

„To necháme na tobě,“ řekla Charlotte, zmáčkla rychlou volbu na telefonu, doplnila prezidentovi informace a pak prohlásila případ za uzavřený. „Nejsou tu žádné bezpečnostní problémy ani žádní mimozemšťané.“ Ona a její doprovod se sbalili a zamířili ke svým vozidlům.

„Počkejte chvíli!“ Vykřikl jsem. „Copak se vůbec nestaráte o své muže?“ ‚Ne,‘ odpověděla jsem.

„Vedlejší škody,“ řekla Charlotte a zabouchla dveře svého auta. Odjeli pryč.

„Myslím, že je to na nás,“ řekl jsem.

Bert a Leo se na sebe podívali.

Bert řekl: „Je mi líto, ale nevíme, co dělat a jak je dostat zpátky. My se taky vydáme na cestu, abychom si trochu odpočinuli. Ráno ti zavoláme, jestli na něco přijdeme.“ ‚Dobře,‘ řekl jsem.

Jasper a já jsme se nebavili. Teď, když byl objekt pryč, všichni odcházeli. Opouštěli nás.

Jasper odešel do svého pokoje a já se oblékla do pyžama a neustále myslela na ty zmizelé muže. Snažila jsem se rozptýlit čtením detektivky, ale záhada přímo pod mou vlastní střechou si žádala mou pozornost. Po dvou hodinách převalování jsem vstala, abych si udělala šálek čaje.

Kdybych věděla, že přijde společnost, oblékla bych si domácí plášť.

***

Popíjela jsem čaj a přemýšlela, jak vyřešit dilema, dívala jsem se na hvězdy a po tváři mi stékala slza. Dva muži byli ztraceni kdesi v prázdnotě, bez rodiny, bez přátel, bez země. Byli to stateční občané. Zasloužili si něco lepšího.

Popadla jsem čokoládovou sušenku a chystala se do ní zakousnout, když jsem si všimla třpytivé zelené hvězdy. Zelenou hvězdu? Protřel jsem si oči, ale pořád tam byla a mrkala na mě. Vyšla jsem ven, abych si prohlédla celou noční oblohu.

Nebyla to hvězda.

Pohybovala se, rychle padala mým směrem, zvětšovala se a zvětšovala.

„Ale ne!" Nikomu jsem neřekla. Pak jsem zavolala na Jaspera a on vyběhl ven. Ukázala jsem nahoru a přitom zvažovala rychlý pohyb, kdybychom se mu potřebovali dostat z cesty.

Když se mezera mezi nimi a námi zmenšila, nedokázali jsme zadržet vzrušení a skákali radostí, když se ta věc zastavila a oni tam byli.

Dva černé deštníky se rozevřely, Alex a Jessie se chopili každý jednoho a začal jejich sestup k nám. Alex a Jessie v oblecích z reflexního materiálu lehce padali směrem k nám.

Po hladkém přistání dvojice sáhla dovnitř svých obleků a vytáhla dvě zelené lahve. Po otočení víčka je otevřeli a vypili jejich obsah. Vylezli z obleků a odhalili oblečení, ve kterém odlétali. Vsunuli lahve zpět dovnitř a připevnili je k deštníkům.

Vlečný paprsek se přichytil k deštníkům a oblekům. Mávali jsme, když byly objekty vytaženy k nebi, a sledovali jsme je, dokud jsme je už neviděli.

„Vítejte zpátky!“ Jasper a já jsme vykřikli.

„Já bych si dal šálek čaje!“ Alex řekl.

„Já bych si raději dala panáka whisky,“ řekla Jessie.

„Kdo to byl?“ Zeptala jsem se. „Nebo bych měl říct CO to bylo?“

„Všechno ve vhodnou dobu,“ řekli naši dva navrátivší se hrdinové jednohlasně. „Ale nejdřív si musíme dát sušenky a nápoje.“

Přizpůsobili se tomu, že jsou zpátky, a já zatím obložil talíře. Seděli jsme spolu u stolu a popíjeli. Čekali jsme. Neměli co říct. Žádné otázky na nás, přestože ten masivní zelený předmět už nebyl v mém domě.

Začala mi docházet trpělivost, a tak jsem je požádala, aby nám řekli, co se stalo.

„Byla to krátká dovolená,“ řekl Alex.

„Ano, placená dovolená,“ řekla Jessie.

Vstala jsem. „Jak to myslíš? Kde jste byli? Kdo tě měl? Byla jsi uvězněná? Jací byli? Jak jsi je přesvědčil, aby tě poslali zpátky?" Znovu jsem se posadil.

Jasper pokračoval: „A co to bylo za zelenou věc? Proč to tady bylo? Dostal někdo na zadek za to, že ji upustil?"

Muži se na sebe podívali s prázdnými tvářemi. Vůbec netušili, o čem mluvíme. Mluvíme o bezradnosti.

„Mami, myslím, že jim mimozemšťani vymazali mozek."

„Souhlasím. Mluvíme o čistém štítu."

Nemohli jsme říct ani udělat nic jiného, než jít spát. Jessie si lehla na pohovku, Alex na křeslo La-Z-Boy.

Alex vyskočil. „Než na to zapomenu."

Jessie vyskočila také. „Ano, něco pro tebe máme."

Jasper a já jsme se na sebe podívali, jako by je někdo popíchl nebo šokoval.

Jessie vytáhl z kapsy zelené třpytivé pouzdro. Zavlnilo se, když jsem ho vzala do ruky, a působilo velmi chladně. Otevřela jsem ho a zalapala po dechu. Uvnitř byla manželova medaile svatého Kryštofa. Ta, kterou jsem mu dala k našemu prvnímu výročí svatby.

Alex podal podobný předmět Jasperovi. Uvnitř byly hodinky jeho otce. Jasper si je rovnou nasadil na zápěstí. „Říkal něco o mně?"

Alex řekl: „Vidí tě každý den, vás oba. Je pravda, co se říká, že ti, které milujeme, nejsou nikdy daleko od nás." Jasper se usmál.

Alex i Jessie tentokrát svorně nadskočili. „Musíme jít."

„Co teď?" Zeptala jsem se. „Jste v pořádku?"

„Ano," řekli společně. „Musíme něco doručit prezidentovi. Teď."

Venku zastavilo auto a oni odjeli.

***

„Musíme mu to doručit sami," žádali Jessie a Alex.

Bylo to uprostřed noci, ale prezident souhlasil, že je přijme.

Když vstoupili do Oválné pracovny, prezident seděl a měl na sobě hedvábný župan.

„Co pro mě vy dva máte?" zeptal se prezident.

Jessie a Alex mu společně předložili předmět. Byl to mimořádně velký zelený knoflík. Bylo na něm napsáno: „STISKNI MĚ. JEN TO UDĚLEJ."

„Co se stane?" zeptal se prezident.

„To nevíme."

„Musím se někoho zeptat, jednoho ze svých poradců. Nemůžu jen tak..."

„Ale vy jste prezident," řekla Jessie.

„Jo, můžeš přece udělat cokoli, ne?"

Prezident položil zelené tlačítko na stůl vedle červeného. Společně vypadaly docela vánočně.

Jessie a Alex řekli: „Venku. Venku. Venku."

„Dobře, kluci, dobře," řekl prezident. „Jdeme."

Jakmile se prezident ocitl venku, nemohl se dočkat, až do toho strčí, a také to udělal.

Obloha se změnila z modré na zelenou, když vlečný paprsek pokryl zemi od pobřeží k pobřeží a vytáhl každou jednotlivou AR-15.

EPILOG

Daleko, daleko, na planetě se zelenou oblohou a zelenou zemí, kde však ze stromů zbyly jen kmeny, mimozemšťané znovu použili nashromážděný pozemský materiál.

Z AR-15 vytvořili větve.

Na větve zavěsili láhve, které svištěly ve větru.

Deštníky poskytovaly ochranu před deštěm a sluncem.

Kdykoli mimozemšťané potřebovali další AR-15, rozsvítili tlačítko a prezidenti ho vždy stiskli.

DARRYL A JÁ

Ve stejný den, kdy jsem zjistila, že jsem těhotná, zemřel můj manžel.

Jsem ve válečné zóně. Nejsem sama. Moje dítě je se mnou, uvnitř mě.

Křížím ruce nad svým dítětem a chráním ho, když jdu po ulici a kolem nás vybuchují bomby. Snažím se pro nás najít úkryt, ale bomby jsou stále blíž a blíž.

Jsem ztracená, ale nemám strach. Dítě mě pro uklidnění kope do ruky. Sbližujeme se spolu, zatímco zbytek světa vybuchuje.

Zastavím se a podívám se na sebe do zrcadla uprostřed ulice. Mám na sobě jasně červené šaty s odpovídajícími červenými botami a černými punčochami. Prsty si načechrám vlasy a sáhnu do kabelky pro rtěnku. Udělám na sklo otisk polibku, pak zakloním hlavu a udělám si selfie. Zveřejním ji na Instagramu. Nebo se o to pokusím. Nejsem si jistá, jestli mám dost tyčinek.

Slyším křik sirény. Jede mým směrem. Míří k zrcadlu. Natáhnu ruku, abych ji zachytil, ale nějaká ruka mě chytí. Vykřiknu. Siréna křičí.

„Běž dovnitř. Zbláznila ses? Nastup si!" říká řidič sanitky jazykem, který neznám a kterému nerozumím. Naštěstí jsou tam titulky.

Váhám, než vlezu dovnitř. Musím najít Darryla. Darryl je někde tady a naše dítě potřebuje svého otce. Darryl hledá mě a my hledáme jeho. Naše dítě je magnet. Radar. GPS.

Zakloním hlavu a hlasitě a zřetelně volám jeho jméno: „Darryl!". Poslouchám a pak volám znovu. Volám jeho jméno a poslouchám. Řidič sanitky říká, že jsem blázen, a hodí zpátečku.

Sanitka narazí do zrcátka a vybuchne bomba. Všude létají kousky.

Na střepinách je strašně moc krve.

Probouzím se a křičím.

***

Po Darrylově smrti se mi každou noc zdál stejný sen. Pořád jsem si oživovala, jak se to stalo, i když jsem tam nebyla. Byla to rutinní operace v rámci mírových sil OSN.

Je to mechanismus vyrovnávání se s tím, tohle snít, žít to. Snaha najít muže, kterého miluji, když jsme ho pohřbili. Pohřeb byl krásný. Byla jsem na Darryla tak pyšná. Obětoval svůj život pro věc a já to chápu. Obdivuji ho za jeho obětavost, protože to z něj udělalo lepšího člověka.

Přes jeho rakev přehodili vlajku. Hodil jsem do země dvě hrsti hlíny a pak jsem se vzlykajícím hlasem padl na kolena. Máma a ostatní včetně mých přátel se mi snažili pomoci, ale já je okřikla. Chtěla jsem být s Darrylem sama. Chtěla jsem mu říct o dítěti.

O našem dítěti.

Nechtěla jsem odejít, dokud jsem neměla možnost se s ním rozloučit. Lehla jsem si vedle otevřeného hrobu na břicho a opřela si hlavu o ruce. Řekla jsem mu, jak moc ho miluju, a rozloučila se s ním, než jsem mu dala pusu a zvedla se na nohy.

Máma byla po mém boku a pak i Moni. Každá mě vzala za jednu ruku a zase mě přitáhla k sobě. Zamířily jsme k autu.

Cestou domů jsem cítila Darrylovu přítomnost. Jeho paže mě objímaly. Na předloktích se mi zježily chloupky, cítila jsem jeho vůni. Cítila jsem ho.

Pak byl pryč.

Doma ve dveřích na mě čekala krabice podlouhlého tvaru s mašlí uprostřed. Chtěla jsem se zeptat, co tam dělá, ale smutek v místnosti mě zahnal. Plula jsem od člověka k člověku a přijímala jejich klišé typu „je mi to moc líto" a „časem se to zlepší". Obvyklé kecy po pohřbu.

Když odešli, cítila jsem se prázdná.

Máma mě uložila do postele, jako to dělávala, když jsem byla malá.

Když za sebou zavřela dveře, zvedla jsem zaťaté pěsti k nebesům za to, že mi vzala Darryla.

Pak jsem padla na kolena a děkovala za to, že ve mně roste naše dítě.

***

Probudím se, zírám na prázdné místo vedle sebe a utírám si sliny z koutků úst. Zvoní zvonek u dveří. Odhrnu přikrývku a stoupnu si na podlahu. Ještě než stihnu vyjít z našeho pokoje, přiletí ke mně máma s doširoka rozevřenou náručí.

Musím ji požádat o vrácení toho klíče.

„Měla jsem takový strach,“ řekne, obejme mě, stiskne a já se zase cítím jako malá holka. Ustoupí a podívá se mi do tváře.

Zastrčím si vlasy za levé ucho a pokusím se usmát. Ukážu si směrem ke kuchyni, a když tam dojdu, naplním konvici vodou. Otevřu myčku, abych se zabavila, zatímco za mnou chrlí kávovar. Matka zavře dvířka myčky, zmáčkne potřebná tlačítka a opře mě do židle, kde mi nedá jinou možnost než si sednout.

Ona sedí na Darrylově místě a já na nikom. Když si to uvědomí, přesune se na druhou židli pro nikoho. Vyskočí dřív než já a nalije mi kávu. Já si do té své přidám smetanu a cukr a usrknu. Jeden doušek mi stačí. Odběhnu na záchod. Zapomněla jsem, že káva vyvolává u několika mých kamarádek ranní nevolnost.

Když se vrátím do kuchyně, máma už uvařila šálek heřmánkového čaje bez kofeinu. Má mě uklidnit.

Sedím, usrkávám hořký, horký nápoj a sleduji, jak se matka pohybuje v kuchyni jako člověk na misi. „Dělám ti tousty,“ řekne, když se téměř na pokyn objeví. Matka nožem rozmělňuje kůrku, což je další vzpomínka na dobu, kdy jsem byla malá holka. Pak namaže máslo a otočí se, aby se na mě podívala.

Máma přidá jahodový džem a jde do lednice. Vytáhne blok sýra, který mi rozdrobí na toast. Položí ho zpátky na topinkovač (stranou s marmeládou a sýrem nahoru.) Stiskne tlačítko dolů, aby se topinka na pár vteřin ohřála.

Je to další rituál z mého dětství a já jsem jí vděčná, že je tady."

Máma nakrájí toust na trojúhelníčky a já nemůžu uvěřit, jak báječně chutná, když se do něj zakousnu. Sním oba plátky a pak se napiju dalšího čaje, protože teď už nechutná tak hořce, protože mi do něj dala pár kapek medu. Myslí si, že jsem si toho nevšimla... Vezmu mámu za ruku a ještě jednou jí poděkuju.

Dítě už nemá hlad.

Maminka dítěte už není pohodlně otupělá.

Babička miminka se už necítí zbytečná.

Matka uklízí a žvatlá o tom a o tom. Poslouchám, aniž bych ocenila její snahu odvést pozornost. Dovolím jí, aby si myslela, že to funguje, její taktika odvádění pozornosti. Abych byla upřímná, nestíhám její myšlenkové pochody a tempo. Připadá mi, jako bych ji poslouchala zpod vody.

Směje se. Vyskočím. Jsem zpátky tam, kam moje mysl odcestovala. V mžiku jsem někam odletěl. Cítil jsem, jak odcházím.

Byla jsem malá holčička, která se schovávala pod schody. Pak jsem vyšla po schodech nahoru a vešla do komory, kde byla velká tma. Rukávy od otcovy košile se pohnuly. Vyběhla jsem ven a prozradila svůj úkryt. Chytili mě.

„Vzpomínám si na tu dobu," říká matka a vrací mě do přítomnosti. Jako by ten příběh vyprávěla poprvé. „Když jsi byla malá, schovávala jsi kůrky. Než jsem je začala drtit nožem, nacházeli jsme je v kapsách, v květináčích. Ach, ty v květináčích. Ty nasávaly vodu a zabíjely některé rostliny, než jsme přišli na to, co děláš."

„Zabíjení rostlin,“ napodobím.

Přijde ke mně, poklekne a zeptá se: „Jsi v pořádku, lásko?“

Skoro se její směšné otázce zasměju, ale chytím se dřív, než to udělám, než řeknu: „NE, NEJSEM V POŘÁDKU, kurva.“ Darryl. Ježíši Darryle. Odstrčím židli, čímž vytvořím mezi matkou a mnou prostor, a vstanu. Jsem jako zombie. Nepotřebuju se ale živit lidským masem. Chci Darryla. Usmívám se, když si v duchu opakuji need to feed need to feed need to feed znovu.

Teď, když stojím, bych se měla hýbat. Moje nohy chtějí někam jít, kamkoli, a přesto se přistihnu, že dělám pravý opak. Znovu se posadím. Matka dělá totéž. Usrkává svůj šálek kávy, který už je nejspíš ledově studený.

Vstanu a řeknu: „Jsem unavená.“ I když jsem se právě probudila, vím to. Ona to ví. Přesto je mi to kurva jedno. Vracím se do našeho pokoje, do svého pokoje, matka mě následuje. Když mě dohoní, položí mi pravou ruku na bok, jako by mě potřebovala vést. Jako bych se cestou mohl ztratit.

Ve dveřích se otočím a podívám se na ni. V očích má slzy, ale nerozlévají se. Ví, jaké to je ztratit manžela, protože ona přišla o tátu, ale není to totéž. Prožili spolu celý život. Měli jeden druhého třicet sedm let, než tatínek zemřel. My jsme byli manželé jen dva a půl roku. Darryl svého syna ani dceru nikdy neuvidí. Chtěla bych to říct, ale nechci.

Myslím, že ví, na co myslím, i když to nevím jistě. To je ta osmóza mezi matkou a dcerou. Políbí mě na čelo, když mě ukládá do postele. Vyjde ven a zavře za sebou dveře.

Znovu vstanu z postele, jdu k zrcadlu a podívám se na sebe. Za čtyřicet osm hodin jsem zestárla o deset let. Přestože jsem většinu času prospala, mám pod očima obrovské váčky. Vypadá to, jako bych celou dobu plakala, ale pravda je, že už mi došly slzy. Můj obličej už se mi vůbec nepodobá. Jsem cizí, dokonce i sama sobě.

Pustím si trochu vody a stříknu si ji na obličej, než si namočím teplou vodu do utěrky na obličej, Darrylovy. Přidržím si ho nad sebou, abych ho vdechla.

Najdu jeho osušku, svléknu si oblečení a omotám se jím. Zahalí mě a zahřeje, jako bych byla v jeho náručí. Sedím takhle snad celou věčnost. Jako by mě objímal. Žádné slzy mi netečou. Nezbývají žádné slzy k pláči. Je to, jako by nás Darryl ovíjel. Drží nás pohromadě, nás tři, Darryla, dítě a mě.

Matčino zaklepání na dveře mě vtáhne zpátky do přítomnosti. Musela jsem usnout. Vstávám příliš rychle, když se dveře rozletí. Darrylův ručník dopadne na podlahu.

Matka a sousedka vejdou do pokoje a já včas popadnu Darrylův ručník a skryju svou nahotu. Začnu se chichotat a nemůžu přestat.

Matka a vypadá ustaraně. Sousedka má oči vykulené přímo z hlavy. Za chvíli budou volat muže v bílých vypasovaných bundách, aby si pro mě přišli, jestli se nedám dohromady.

***

Je můj svatební den a já kráčím k oltáři v tátově náručí ve velkém kostele. Vím, že se mi to zdá, protože táta mě k oltáři nikdy nevedl. Byl už mrtvý, když jsme se s Darrylem brali, a s Darrylem jsme se nebrali v kostele. Naše píseň je „Your Song" od Eltona Johna.

Byla to Darrylova a moje píseň. Vlastně jsme dali přednost verzi s Ewanem McGregorem, protože jsme milovali Moulin Rouge.

Táta a já zdravíme ty, které potkáváme po cestě. Babička Eleanor, která je mrtvá už od mého dětství, mi vlepí pusu. Vezmu si květinu ze své kytice. Dětský dech, její oblíbený. Dávám jí ji.

Usměje se a po tváři jí stéká slza.

Přes uličku stojí moje sestřenice Ruth. Byly jsme si s ní v dětství pozoruhodně blízké. Teď se vídáme jen zřídka. Předpokládám, že když ji míjím, myslí na totéž co já. Poznámka pro sebe: někdy brzy ji pozvu na večeři.

Jsou tu Darrylovi dva mladší bratři, Dale a Donny. Jejich rodiče měli takovou zálibu v písmenu D. Poznámka pro sebe: nepokračovat ve zmíněné tradici.

Vidím svou druhou babičku, máminu mámu. Na naši svatbu nedorazila. Drží se s mámou za ruce a já se na pár vteřin odpoutám od táty, abych je obě objal. Trochu se mi podlomí kolena, když se babička natáhne, vezme mou ruku do své a něco mi do ní upustí. Instinktivně kolem toho sevřu prsty; i když nevidím, co to je, cítím, že je to klíč. Táta mě přitáhne za ruku k sobě a vrátíme se na cestu k oltáři.

Moje družičky, Trish a Moni (zkratka pro Monique), jsou teď blízko mě. Ve svých starobílých šatech vypadají úchvatně, ale počkat, to já jsem si oblékla starobílou.

Táta mě otočí, sundá mi ruku ze svého ramene a obtočí ji kolem Darrylovy. Otočím se, abych se podívala na svého budoucího manžela, ale Darryl to není. Tedy, kdysi to byl Darryl, ale teď už není. Je mrtvý. Je z něj hnijící mrtvola.

Křičím, když mu ze rtů vytéká zelený sliz, když se pokusí usmát. Nejsem jediná, kdo křičí.

Všichni křičí.

Křičí všechno - dokonce i stroje.

Otevřu ruku.

Polknu klíč.

Všude se roztříští kousky skla.

***

Otevřu oči. Nejsem doma, ale v nemocnici. Slyším tikání, tlukot srdce. Pípání. Šepot. Znovu zavírám oči. Předstírám, že spím.

„Žádná změna.“

„Nemůžu to vzdát.“

„A co dítě?“

Dítě. Ta dvě slova mě vrátí do reality a já se pokusím posadit a zjistím, že to nejde.

Když nemůžu pohnout rukama ani nohama, křičím. Chytám se za břicho, za své dítě, za našeho drobečka, a zjišťuji, že ten hrbolek je teď větší. Jak dlouho jsem spala?

„Mami?“

„Ach, miláčku! Miláčku,“ řekne. „Budeš v pořádku,“ houkne, ale já jí nevěřím. Ani slovo.

„Jak dlouho už jsem tady?“ Ptám se a v hlavě mám jako v ozvěně, jak se mi ta slova odrážejí v lebce.

Místo odpovědi mě obejme a drží. Když se odtáhnu, drží mi hlavu v ruce a dívá se mi do očí, jako by se mě snažila najít.

Snažím se nemrkat, ale nemůžu přestat. Copak nesnášíš, když se to stane? Jakmile se snažíte něco nedělat, vaše tělo vás zradí a donutí vás to dělat ještě víc.

Ona nic neříká. Myslí si, že se nedokážu vyrovnat s pravdou. Hlas, který mi říká, že se nedokážu vyrovnat s pravdou, je hlas Jacka Nicholsona ve filmu Pár správných chlapů. Darryl ten film miloval. Viděli jsme ho tolikrát, že jsem to přestal počítat.

„Chci to vědět," slyším se říkat, ale podle toho, jak se na mě dívá, si nejsem jistá, jestli jsem to řekla nahlas, nebo v duchu. Zkusím to znovu, tentokrát trochu hlasitěji, a ona zareaguje.

„Nech mě," řekne a pak odejde a za chvíli se vrátí s někým, koho nepoznávám. Ti dva se pohybují po místnosti, jako by v divadle blokovali scénu pro nějakou hru. Šeptají si, pak se na mě podívají a šeptají si dál.

Jak nezdvořilé.

Čekám, jako bych byla neviditelná, a snažím se nevybuchnout.

Cizinec mi píchne do ruky jehlu a já odcházím s myšlenkou, že nemocniční personál v pouličním oblečení by měl být zakázán.

Znovu se mi zdá, že jdu po ulici a hledám Darryla, zatímco vybuchují bomby.

***

Boule na mně je teď ještě větší. Vlastně výrazně větší. Když se dítě pohne, vidím skrz svou kůži jeho kousky. Končetiny, které dělají otisky, jako by mě obracely naruby, když naše dítě tlačí na stěny mého břicha.

Už nejsem v nemocnici. Jsem doma, sedím v dětském pokoji a houpu se v kojícím křesle, které se nehoupe v obvyklém slova smyslu. Místo toho klouže.

Stěny lemují spící ovečky se zzzs kolem hlavy, které čekají na spočítání. Začnu počítat, pak se usměju a podívám se na postýlku. Čas se zastaví, musí, protože tady, dnes, teď se nic neděje.

Zvedám se ze židle, napůl vzhůru a napůl spící. Dotknu se mobilu a ten začne vyzvánět Frere Jacques. Zpívám si a přitom zvedám deku s ovečkou.

Skládám deku stále menší a menší, až je z ní malinký čtvereček. Pak ji položím zpátky do postýlky a zahlédnu se v zrcadle v rohu.

Část zrcadla je vidět a část ne, protože ho něco zakrývá. Přistoupím blíž, odhrnu prachový štít a odhalím poklad, který je v mé rodině už desítky let. Rodinné dědictví, které mi předala matka mé matky.

Rám je na dotek chladný, když po něm přejíždím prsty. Je dřevěný a je na něm vyrytý pár propletených rukou. Otisky sešněrovaných prstů jsou na dotek ještě chladnější. Přiblížím své tělo, až se můj dětský hrbolek přitiskne ke sklu. Nedotýká se ho. Prochází jím. Jak se k němu stále více přibližuji, můj dětský hrbolek v něm mizí.

Udělám krok zpět a můj dětský hrbolek se se sáním odpojí. Mé dítě kope a znovu kope, když se vzdaluji od zrcadla a vracím se na židli, na které jsem začínala. Jakmile se posadím, mobil se znovu spustí a začneme s ním ladně klouzat.

Dítě se uklidní a my usneme.

***

„Probuď se, Cath," řekne Darryl.

Přetočím se k němu a přitulím se k němu. Dítě mezi námi zavrávorá. Nemůžeme se k sobě přiblížit tak blízko jako dřív, ale jsme si bližší na mnoha jiných úrovních.

Budík zazvoní a já se přitulím k Darrylovu polštáři, ne k němu. Miminko mě kope a já vstávám z postele, abych se napůl vzhůru prošla chodbou do koupelny, kde si dojdu na záchod. Zapnu vodu, stoupnu si do sprchy a nechám na sebe téct vodu.

Moje dítě vodu miluje a zůstáváme tam, dokud horká voda nevyteče a nezmění se ve studenou. Teď už mám hlad, hodím na sebe domácí plášť a jdu dolů, když máma vejde hlavními dveřmi. Musela zazvonit, když jsem byla ve sprše. Poznámka pro sebe: požádám mámu, aby mi vrátila klíč.

„Přinesla jsem dárky," řekne. Na stůl vysype celou krabici ledových koblih; koblihy jsou ještě teplé a voní jako nebe. Jednu si nacpu do pusy a ona druhou do té své. Obejmeme se a dáme si druhou koblihu, než se rozhodneme uvařit čaj.

Moje dítě vyrazí děkovné kopnutí a máma to sama cítí. „Aha," řeknu, protože dítě o sobě dává vědět dál tím, že ve mně dělá něco, co vypadá jako kotrmelec.

„Jsi v pořádku?" Zeptá se máma.

„Je šťastný," řeknu.

Máma si všimne, že jsem řekla on. Nezmíní se o tom. Místo toho mi vypráví nejnovější drby.

Poslouchám ze zdvořilosti, ne proto, že by mě zajímalo místní dění. Dřív, tedy než jsem potkala Darryla, jsem přispívala tím, že jsem naskakovala do vlaku drbů. Někdy jsem dokonce dělala průvodčího bez klobouku. Někdy jsem dělal kočího. Ať tak či onak, vždycky jsem byl ve vlaku. Nechal jsem se drbnami vozit.

„Neviděla jsi školku?" Zeptám se z ničeho nic, zatímco ona je uprostřed drbací věty.

Dívá se na mě jako na cizího člověka. „Určitě jsi v pořádku?" zeptá se a na čele se jí rýsuje velká vráska ve tvaru vodorovného otazníku.

Uvědomím si, že jsem řekla něco divného, možná dokonce hloupého. Nevím, co to je. „Jsem v pořádku," řeknu a snažím se ji ujistit, že ano.

Vstanu a doufám, že udělá totéž, ale ona to neudělá. Místo toho vyndá z krabice další koblihu a zakousne se.

Moje dítě mě silně kopne. Jako by chtělo další koblihu. Musím se vyčůrat a říkám to. Máma mě následuje na chodbu.

„Sejdeme se v dětském pokoji," řeknu.

„Dobře," odpoví máma.

Když se k ní připojím v dětském pokoji, máma stojí před zrcadlem. Připojím se k ní, stojím po jejím boku a přistupuji blíž a blíž ke sklu. Zkouším, jestli miminko projde, jako to udělalo včera, ale neprojde. Žádné vlnění. Žádné spojení. Zdálo se mi to?

Když se odvrátím, mobil začne sám od sebe hrát Frere Jacques.

„Přetočila jsem to, Cath," říká, "skvěle jsme to vyzdobili, že? Mám takovou radost."

Nepamatuji si, že bych zdobila, a nechci si to připustit. Jak jsem na něco takového mohla zapomenout?

„Tvoje prapraprapraprababička by měla radost. Jsem šťastná, že zrcadlo teď patří tobě."

Svět se začíná točit a blednout. Pohnu se dopředu a málem se převrátím. Máma mě zachytí a složí mě do křesla, kde se sunu sem a tam sem a tam.

„Není to zrcadlo právem tvoje?“ ptám se. Zeptám se.

„Ano, ale mně to nevadí. V tomhle pokoji se perfektně hodí.“

Přemýšlím o zrcadle a usínám. Matka je pryč. Je tu tma, až na světlo blikající v rohu kousek od zrcadla.

Dítě kope. Je neklidné. Vstanu a jdu k zrcadlu. Jak se blížíme, světlo se rozjasňuje. Moje dítě kope a posouvá se. Stáhnu přikrývku a dívám se na odraz svého dětského hrbolku, který se přibližuje stále víc a víc. Miminko kopne do branky.

Moje dětská boule naráží do zrcadla. Miminko znovu kopne a zmenší mezeru mezi boulí a sklem. Když se obě části spojí, moje dětská boule v něm zmizí. Je tu tah, který nás přitahuje.

Nyní stojím nosem ke sklu. Tlačím se dovnitř dál, až je uvnitř celý můj obličej. Moje hlava mě následuje. Moje dítě se odvaluje do odrazu.

Někde za námi se zvedne silný poryv větru a tlačí nás dál. Teď už jsem uvnitř natolik, že vnímám rozdíl ve vzduchu. Podzim. Listí. Tam, kde jsme byli, bylo jaro a tady podzim. Jak je to možné?

Cítila jsem vůni a chladný vzduch, který kolem nás šuměl a vítal nás. Vánek mi šeptal po kůži jako dotek.

Moje dítě se tlačí dopředu a dozadu a hledá útěchu na druhé straně. Pohodlí uvnitř skleněného světa. Hladím si svůj dětský hrbolek, abych se uklidnila, a moje dítě se tlačí zpátky, aby udělalo totéž pro mě.

Je to tam nádherné. Jsem uprostřed lesa. Ne, jsem na pláži s pískem, čistým bílým pískem a vlnami, které se tříští a narážejí na břeh.

Ne, jsem blízko hor, vysokých hor, kolem kterých se klikatí cesty. Je to mnoho světů, které se snoubí dohromady. Slyším zpívat ptáky. Jsou tu havrani, vrány, modré sojky, plameňáci, kookaburové, kvíčaly, vrabci, drozdi a rackové. Na jazyku cítím sůl oceánu.

Volám: „Ahoj," a můj hlas se ozývá kolem a kolem a kolem. Moje dítě tančí podle ozvěny, lechtá mě a chichotá se. Cítím klid, čistý a sladký. Radostný. Domů.

Na druhé straně, za mnou, mě něco táhne zpátky. Nechci odejít. Moje dítě nechce jít, ale něco mě chytá. Vytrhne nás to odtamtud. Zpátky.

„Co to sakra děláš?" křičí někdo. Jejich hlas je vratký, skřípavý. Slyším slova, ale hlas zní, jako by byl uvnitř mraku.

***

Ve chvíli, kdy jsme zpátky, chceme zase odejít. Chceme tam být, existovat tam. Jen tam a nikde jinde.

Je to Moni a velmi se na mě zlobí. „Co sis myslela?"

Nic neříkám, když se podívám zpátky do zrcadla.

„Nehraj si na neviňátko," řekne Moni. „Byla jsi na cestách. Myslím v jiné dimenzi, že jo?"

„Cestovala?" Napodobím ho. Na vteřinu se zamyslím, jak šíleně jsem musela vypadat, a řeknu: „Dívala jsem se na svůj odraz, na náš odraz. Na dítě a na mě."

„Většina z tebe byla pryč!" Moni vykřikne. „PRYČ!"

Zasměju se a snažím se předstírat, že neviděla to, co viděla. Snažím se, aby si připadala jako blázen. Místo mě. Já jsem tam byla. Viděla jsem jiný svět. Přejdu místnost, pryč od zrcadla, otočím se a jdu k zrcadlu. Zatnu pěst a přiložím ji přímo ke sklu, doufám, že se nic nestane, a ono ne.

Moni mě následuje a dělá totéž. Pak stojíme tváří v tvář a propukáme v smích. Musely jsme vypadat jako blázni. Šíleně. Směšně.

Dítě kope.

Zanedlouho jsme dole. Moni říká, že máma musela odejít, a proto přišla.

„Nepotřebuju hlídání."

„Už je to šest měsíců," říká Moni, ‚co Darryl zemřel, a všichni se o tebe a o dítě bojíme.' ‚A co ty?' ptám se.

„Dítěti i mně se daří dobře," řeknu. „Pořád nám každý den chybí, ale už je to snazší." Byla to lež.

„Vím, co bychom měli zítra udělat," řekne Moni. „Pojedeme na pláž."

Zní to zábavně, a tak souhlasím. Nemám ale v plánu vzít si plavky.

***

Na pláž dorazíme s piknikovým košem plným oběda a nejrůznějších dobrot. Zouváme si boty a necháváme písek, aby nám dřepěl mezi prsty, i když venku zdaleka není teplo.

„S Darrylem jsme sem v létě chodívali rádi."

„Je tu s námi teď a navždy," řekne Moni.

Moni má pravdu, ale to mi nebrání v tom, aby se mi po něm stýskalo. Chci víc než jeho vzpomínky. Chci ho tady s jeho náručí kolem sebe.

„Chybí mi jeho náruč, to, jak mě drží, jeho dech. Každý den mi na něm chybí všechno.“

Moni mi položí ruku na rameno.

„Nejtěžší na tom je,“ pokračuji, “že Darryl nikdy nepozná naše dítě a naše dítě nikdy nepozná Darryla.“

„Nevíš, co tě čeká v budoucnosti,“ řekne Moni.

Vím, kam tím míří. Navrhuje mi, abych se seznámila s někým jiným. Ta myšlenka nestojí za úvahu. Proboha, vždyť jsem nosila Darrylovo dítě.

„Já nikoho jiného nechci. Nikdo mi nikdy nemůže nahradit Darryla ani to, co jsme spolu měli. Kromě toho mám příliš zlomené srdce. Nikdy nebudu milovat nikoho jiného. Moje srdce patří jen a jen Darrylovi.“

„To neříkej. Nevíš, co ti může přinést budoucnost. Láska se může stát víckrát. Podívej se na mou mámu. Táta přece umřel, ona si vzala mého nevlastního tátu a podruhé našla lásku. Není to stejné. Nikdy to nemůže být stejné jako vaše první láska, ale pořád to může být láska. Může to stačit. Musíte být k ní otevření. Oni jsou šťastní a vy byste časem mohli být také,“ říká Moni.

Pak se rozběhnu do sprintu, tak moc, jak jen může sprintovat žena v osmém měsíci těhotenství, a jdu do vody. Teplota je studená, ale osvěžující, a mně se líbí pocit chladu na kůži.

Moni se tlačí vedle mě.

„Tohle dítě miluje vodu.“

Moni mi položí ruku na břicho a dítě kopne. „To určitě," řekne.

Stojíme ve vodě po kolena a necháváme se omývat vlnami. Miminku se to líbí a udělá několik kotrmelců.

„Budeš mi o tom vyprávět?" ptám se. Moni se zeptá.

„Nejsem si jistá, co tím myslíš," řeknu.

„Myslím o té věci se zrcadlem, co jsi dělala? Cestovala jsi? Cestovali jste po světě?"

Přemýšlím o tom a rozhodnu se, že má pravdu. Chci říct, že prostřednictvím zrcadla jsme s mým dítětem tak trochu cestovali na jiné místo. Do jiné dimenze. V hlavě mi rezonuje hudba ze Zóny soumraku.

„A co o tom víš?" ptám se. Zeptám se.

„Dívám se na filmy, čtu knížky. V Alence v říši divů se dokonce cestuje Když jsem vešla, většina z tebe byla pryč a bylo vidět, že je to v zrcadle. Byla jsi v zrcadle. Tak co jsi viděla? Nebo jsi něco viděla?"

„Nejsem si jistá, jestli o tom chci mluvit," říkám, protože je to tajemství. Chci si to zatím držet u prsou. Mám pocit, že kdybych to přiznala nahlas, mohlo by to zmizet. Vím, že to zní hloupě, ale bylo to všechno tak zvláštní a stalo se mi to jen jednou. Dvakrát se to stalo dítěti, ale jednou mně. Než o tom budu mluvit s někým dalším, chci být u toho a zopakovat si to.

„Slib mi jednu věc," řekne Moni, když cestou domů sledujeme západ slunce. „Slib mi, že tam nepůjdeš sama. Tedy bez někoho na téhle straně, kdo by tě stáhl zpátky."

Přikývnu v jakémsi slibu, ale nejsem si jistá, jestli ho hodlám dodržet.

„Ráda bych dneska zůstala u tebe, abych ti dělala společnost,“ řekne Moni.

Říkám, že to nevadí, protože jsem příliš unavená na to, abych dělala něco víc než spala, vyčerpaná čerstvým mořským vzduchem. Moje dítě se ve mně ani nepohne.

Převléknu se do pyžama a hned usnu. Zdá se mi o Darrylovi, hledám ho, hledám vysoko a nízko a všude. Chodím a chodím, na nohou mám puchýře a krvácím, ale Darryl stále nikde. Občas na někoho nebo na něco narazím, třeba na strašáka na poli. Zeptám se ho, jestli neviděl Darryla, a on jako v Čaroději ze země Oz ukáže na všechny strany. Je to velký pomocník.

Také se ptám divné vousaté ženy, která pracuje v cirkuse, jestli neviděla Darryla. Směje se a směje a směje.

Nikde není, a tak se probudím a zapnu notebook. Večer strávím prohlížením našich fotografií. Našeho života.

Když jsme byli spolu, byla kolem nás vidět láska. Vím, že to zní jako hloupé klišé, ale byla tam, zvlášť když se na mě Darryl podíval nebo když jsem se já podívala na něj. Milovali jsme se láskou, která by už nikdy nebyla ve světě, kde bychom byli od sebe.

Když pátrám v minulosti sama, mám pocit, že on a dítě a já jsme spolu při pohledu na fotografie. Dítě mi leží na klíně. Darryl stojí za mnou a dívá se mi přes rameno, když listuji ze stránky na stránku.

Když končím, vychází slunce a přináší nový den.

Vyčerpaná se vracím do postele.

***

„Cath. Cath! CATH!“

Co to? Přestaň. Chci dál snít.

„CATH!!"

Uvědomím si, že slyším Darrylův hlas. Cože? Otřesu se. Poslouchám a slyším ho znovu.

„Cath."

„Darryle?"

Odhrnu přikrývku a otevřu dveře do ložnice. Teď, když jsem odpověděla, šeptá mé jméno znovu a znovu.

Ocitám se v dětském pokoji, kde nehybně stojím a poslouchám. Zachvěji se, jako by mnou projel vánek. Pak popadnu z postýlky deku a omotám si ji kolem ramen. Dítě je tiché, jako by se ještě neprobudilo.

„Cath."

Podívám se k oknu. Vítr v něm cvaká a klape, pak ho strčí rovnou do dveří. Chladný podzim mě objímá, drží mě a zároveň tlačí.

„Cath."

Otočím se k místu, odkud hlas přichází. Zrcadlo. Moje dítě se probudí a silně mě kopne. Postavím se do pozoru a jdu k zrcadlu. Dřevěný rám rukou se pohnul, zkroutil, posunul. Sklo v rámu se třpytí a chvěje. Jako by do dětského pokoje vnikl mrak a prochází sklem dovnitř a skrz něj. Přistoupím blíž. Zvednu ruku a položím dlaň na povrch.

*ZRCADLO, KTERÉ MĚ ODRÁŽÍ
S NADBYTEČNOSTÍ.

Do myšlenek mi vtrhne báseň, kterou jsem četla na střední škole. Vyvstane mi v hlavě, když moje ruka prorazí povrch a zmizí uvnitř skla.

Dál, stále překonávám mezeru. Tady je. Další ruka se tiskne na mou. Darrylova ruka. Darrylova ruka?

Ano. Potvrzeno, když se mrak v zrcadle rozptýlí. Dotýkáme se dlaněmi jeden druhého.

Vyděšeně ustoupím a také stáhnu ruku. Dítě kopne a já se o něj dotknu dlaní. Mrak se přesune zpátky, zatímco já utěšuji dítě a Darryl mizí.

Chci ho rozbít.

Chci v něm být.

Představovala jsem si to snad celé? Byla jsem blázen?

Jsem šílená.

„Cath. Vrať se. Prosím.“

Jednou rukou pohladím naše dítě a pak ruka přejde přes nás, na náš bok, a drží mě za ruku. Je to Darrylova ruka. Je tady a utěšuje naše dítě. Tak nějak. Nějakým způsobem. Moje láska.

„Darryl.“

Jeho druhá ruka, ta se snubním prstenem, projde zrcadlem na naši stranu. Padáme do něj, do jeho objetí, do zrcadla.

„Ach, Cath.“

Jeho ruce mě rozechvívají, když jimi přejíždí po dítěti. Dítě se k němu otočí a my jsme napůl uvnitř a napůl venku.

„Je nádherný,“ řekne Darryl. „Jako jeho máma.“

„Nevíme, jestli je to on, nebo ona,“ řeknu a podívám se do jeho modrých očí.

„Určitě je to on,“ řekne Darryl. „Je silný a zdravý.“

V reakci na otcův hlas dítě kope a převaluje se.

„Stůj klidně," řeknu a vklíním se hlouběji do zrcadla. Dítě je už z větší části skrz, ale já přes sklo nejsem. Vždycky můžu couvnout, kdyby bylo potřeba. Nejsem si jistá, proč cítím obavy. Koneckonců je to Darryl. Jak se mi po něm stýskalo. Přesto část mého já zůstává ukotvena na druhé straně.

„Darryle, tohle je tvůj syn. Synu, tohle je tvůj táta," říkám, zatímco mi slzy stékají po tvářích jako vodopády. Ne malé drobné ženské slzy, ale velké tučné šťavnaté slzy deště. Vzlykám.

Darryl mě políbí na rty. Chutná po podzimu, ale je teplý a chladivý zároveň. Pak se skloní a políbí naše dítě.

„Synu, musíš se kvůli mně starat o mámu, dobře, jsem na tebe tak pyšná a na to, co z tebe jednou bude. Mám tě ráda. Miluju vás oba."

Popostrčím nás, popojedu o kousek dopředu. Uvažuji, že projdu až na konec, ale něco, nějaký pocit mě zadrží. Chci být u toho. Chci projít a být s Darrylem, ať už je kdekoli. Chci, abychom my tři byli spolu, navždy. Odhodlaně se snažím tlačit a tlačit. Chci, abychom se dostali až na konec.

„Nedělej to," prosí Darryl. „Ani to nezkoušej. Teď už to máme. Užijme si to, dokud můžeme. Je to neúprosné."

„Já tě chci. Chci nás, nás tři, abychom byli spolu. Navždy."

„Máme jen to, co nám to dá," řekne Darryl. „Čas je vrtkavý přítel nebo nepřítel. Nikdy nevíme, co přijde a co odejde."

„Jsi básník, a já to ani nevěděla," řeknu s chichotáním.

Zafouká silný vítr a Darryl ustoupí. Odcházím.

„Běž už," pobídne mě.

„Ne!" ‚Kam to jdeš, Darryle?' "Ne, ne, ne, ne, ne, ne, ne, ne, ne, ne, ne. Vykřiknu. „Vrať se. Prosím, neopouštěj mě. Už nás neopouštěj."

„Pokusím se vrátit, abych tě zase viděl, jakmile to půjde. Pokud budu moci. Jdi hned. Nějak. Vždycky si na mě vzpomeň. Budu si tě vždycky vážit. Věř mi a pak nám možná dovolí, abychom se ještě jednou pokusili setkat."

Vítr se prohání v obrovském mraku. Oslepuje nás, abychom Darryla neviděli. Předtím byl mrak bílý a nadýchaný, ale teď je černý a plný zloby.

Stáhnu nás zpátky.

Při tom se mi podlamují kolena.

Padám na zem a vzlykám.

Mám pocit, jako bych Darryla znovu ztratila.

Tentokrát však pláču za dva. Truchlím za dva.

***

„Cath, jsi v pořádku?"

Probouzím se a vzpomínám, ale je to jen máma. Snaží se mě zvednout z podlahy, ale jsem příliš těžká.

„Zavolala jsem sanitku," říká, když se snažím vytáhnout, ale nejde to.

„Chci jít do postele," řeknu a bojuju s dalším pláčem.

Přijíždí sanitka a oni vyběhli po schodech nahoru. Otestují mé životní funkce a životní funkce dítěte, a když potvrdí, že jsme v pořádku, pomohou mi do postele.

Máma se na mě pověsí, a aby se cítila líp, řeknu: „Je v pořádku a já jsem v pořádku." A pak se rozloučíme.

Ona se zarazí. „Neuvědomila jsem si, že jsi ještě chtěla vědět pohlaví dítěte." "Aha.

„Ehm, neptala," řeknu, ‚mám pocit, že je to on.' ‚To je pravda,' řeknu.

Zdá se, že ta lež zabrala. Předstírám, že jsem unavenější, než ve skutečnosti jsem. Zdá se, že i dítě spí. Poté, co mě políbí na čelo, máma vyjde ven a zavře za sebou dveře.

Celé hodiny ležím vzhůru, myslím na Darryla a přemýšlím, kdy se zase uvidíme, kdy se budeme moci dotknout jeden druhého.

***

Každý den po naší návštěvě u Darryla se tam chci vrátit.

Píšu přesně to, co se děje. Vedení záznamů má smysl. Je to jediný způsob, jak zajistit, aby si můj těhotenský mozek uchoval vzpomínky neporušené. Zapisovat si vše, být tím posedlý, nám umožnilo prožívat stejný den znovu a znovu. Je to jako naše vlastní verze filmu Groundhog Day, jenže tentokrát jsem Bill Murray.

Darryl říkal, že je to „nelítostné". Myslel tím čas?

Ptám se Moni, co si o tom myslí. I jí to připadá poněkud zvláštní.

Začínáme spolupracovat, zkoumat nadpřirozené jevy. Naším cílem jsou události související s cestováním v zrcadlech on-line.

Nacházíme zajímavé články o paralelních vesmírech. V některých se o zrcadlech mluví jako o vstupních bodech. Výzkumy hovoří o věcech jako virtuální reality a dimenzionální rozštěpy. Pojednává také o dimenzionálních dveřích a okultismu. Kromě smyšlených románů však nemůžeme najít žádný skutečný důkaz, i když několik tvrzení najdeme.

Najdeme několik seznamů věcí, které byste nikdy neměli dělat se zrcadly, jako např:

Nikdy se nedívejte do zrcadla při svíčkách, mohlo by vám ukázat velmi strašidelnou verzi vašeho domova.

Pokud se budete dívat do zrcadla mezi dvěma vysokými bílými svíčkami, můžete spatřit ducha milované osoby, která zemřela. Jejich duše může uvíznout ve vašem zrcadle.

Z toho mi vyskočilo srdce z úst.

Uvízla tam Darrylova duše? Nezdálo se mi to jako špatné nebo děsivé místo, ale zmínil se o té nelítostné věci.

Zachvěla jsem se a přešla k dalšímu bodu.

Během bouřky vždy zakryjte strašidelné zrcadlo. Blesk uvolní duchy.

Říkám Moni, že když jsem poprvé vešla do místnosti, zrcadlo bylo částečně zakryté. Obejmu se a znovu se zachvěju.

„Tak zaprvé," řekne Moni, "je víc než pravděpodobné, že ho tam dala tvoje máma, aby nebylo na podlaze. To nic není. Náhoda." Podívá se na mě. „Jsi si jistá, že v tom chceš pokračovat?"

Přikývnu a přečtu si další.

Je špatným znamením dostat jako dárek zrcadlo z domu zesnulého.

„Panebože!" Vykřiknu a strčím si pěst do pusy. Nechci dítě vyděsit, ale zrcadlo se v naší rodině po smrti nosí už po staletí. Ne jako dárek s mašlí, ale jako dar a rodinné dědictví.

Nejsem si jistá, kdo měl zrcadlo předtím, než se dostalo do naší rodiny. Musím o něm zjistit víc.

Vysvětluji to Moni, která se sama trochu zachvěje, než si přečte další.

Pokud někdo uvidí svůj odraz v zrcadle v místnosti, kde nedávno někdo zemřel, brzy zemře.

„Uff, jsme v pohodě na jedničku,“ řekne a pak se na mě podívá, abych to potvrdila, což udělám přikývnutím.

Přečtu si další.

Pokud se u vás doma v noci potuluje duch, může ho zachytit zrcadlo.

To je strašidelné. Ani jeden z nás na to nic neřekne.

Dítě se pohne.

Listuji článkem dál. Existují vědecké důkazy. Zmiňuje se o kvantových zrcadlech a zrcadlech multivesmíru jako branách do jiných světů.

„Musíme se dozvědět víc. Potřebuji vědět víc o tom zrcadle a o tom, jak se dostalo do mé rodiny. Kde se vzalo? Kdo nám ho dal a kdy?“ Řeknu rozechvěle.

„Jak to uděláme?“ Zeptá se Moni a obě sedíme a přemýšlíme o tom, samy, ale společně, docela dlouho.

Dny a týdny plynou kupředu. Moni a já pokračujeme v pátrání, kdykoli máme čas.

Sledujeme koncept cestování zrcadly. Sahá to až k dávným civilizacím.

Zkoumáme naše zrcadlo od shora až k patě a doufáme, že najdeme značku výrobce. Nemáme štěstí.

S miminkem, které se má narodit za týden - plus minus pár dní tak jako tak -, sedíme s Moni v kuchyni. Podle toho, jak pořád začíná a přestává, poznám, že má na mysli něco důležitého.

„Možná si myslíš, že je to trochu šílené."

„To mi povídej," řeknu.

Dítě kopne. Pohladím ho po noze.

„Varuju tě," řekne Moni. „Je to tam venku."

„Pokračuj."

„Tak jo, jdeme na to. Na internetu jsem našla ženu, která je médium a věštkyně. Má mimořádně dobrou, dokonce vynikající pověst. Přináší výsledky v případech, do kterých se rozhodne zapojit."

Nakloním se blíž.

„Teta Maria má výklad karet jako koníček. Přečetla si o ženě, o které mluvím. Našla o ní jen samé dobré věci."

„Věštkyně, co?" Řeknu. Nerozumím blábolům média. I když vím o tom chlápkovi, co byl v televizi, o Johnovi někom. Edwardsovi. Vyslovím jeho jméno nahlas.

„Ano," řekne Moni.

„Chceš říct, že ta vědma bude kontaktovat Darryla?"

Moni přikývne.

„Ale já jsem ho dokázala kontaktovat sama. Nevím, čím by nám mohla pomoct, když už jsme tam byli sami." ‚A co?' zeptám se.

„Měli bychom to zkusit. Potřebujeme ji. Ne kvůli Darrylovi, ale kvůli zrcadlu," řekne Moni. „Pokud je to putovní zrcadlo. Říkáš, že je, protože jsi v něm cestoval. Musíme se o něm dozvědět víc. Ona by ho dokázala otestovat. Myslím tím, že věštci dělají testy."

„Aha," řeknu a teď mě to zajímá víc než předtím. Nakloním se o něco blíž.

„Trochu jsem jí vysvětlila, co se stalo, aniž bych zacházela do přílišných podrobností. Jmenuje se Anna Augustová a rozhodně se s tebou chce seznámit a prohlédnout si pokoj a zrcadlo. Rád bych tu byl taky, kvůli morální podpoře. Tedy pokud si to přejete."

„Musíš tu být se mnou," řeknu a dítě kopne, aby zaregistrovalo svůj hlas. Jdu k chladicímu boxu a naliju si sklenici chladivé tekutiny. „Kolik si řekne za návštěvu?" Řeknu po několika doušcích.

„Pět set."

Posadím se a přitisknu si chladnou sklenici na čelo.

„Vím, že je to hodně," pokračuje Moni, ‚a ráda bych to nabídla jako dárek.' ‚To je hodně,' řeknu.

„To je od tebe milé," řeknu. „Ale kdybychom na to my dvě šly fifty-fifty, půlka by byl dar od tebe, tak by to bylo báječné. Jak to sbírá? Myslím tím předem?"

Moni mi vysvětlí, jak by to fungovalo. Musíme okamžitě poslat desetiprocentní zálohu jako projev dobré vůle. Anna by nám poslala potvrzení, domluvila by si datum a čas osobní návštěvy. V dohodnutém termínu by se po příjezdu doplatila zbývající částka.

„Po příjezdu?" Říkám. Připadá mi trochu drzé chtít peníze takhle dopředu, ale na druhou stranu, kdo znal protokol pro věštce?

Moni si vezme z lednice sklenici pomerančového džusu a dlouze se napije. „Podle jejich webových stránek je doručení po vstupu do domu jejich klienta, což bys měla být ty."

„Aha, takže za to nic neslibuje?" ‚Ano,' podivím se.

„Ehm, ne," potvrdí Moni. „Ale mám pocit, že to je ve světě senzibilů normální. Když souhlasí, že se ujme tvého případu, plně se zavazuje. Chce si být jistá, že její klienti také. Může si vybrat, komu chce pomoci. Tím, že svým novým zákazníkům řekne, že chce zálohu a zbytek předem, bude schopná vyřadit ty, kteří se chovají jako blázni."

Zasměju se a přemýšlím, jestli by mě považovala za blázna, i kdybych zaplatil předem. „Je, je Anna místní?"

„Ne, je přespolní, ale věděla, kde bydlíš. Teda ještě předtím, než jsem jí řekla tvou adresu. Říkala, že v téhle oblasti už několik měsíců cítí podivný neklid. Vlastně to bylo tak silné, že zvažovala, že to bude vyšetřovat sama." ‚Cože?' zeptala jsem se.

To zní zajímavě a zároveň přitažené za vlasy. „Chceš říct, že měla předtuchu?"

„To mě taky zajímalo, ale řekla, že ne. I když je mívá často. V tomto případě cítila psychické narušení. Něco ji přepadlo. Ježily se jí vlasy na hlavě. Něco takového."

Při sledování strašidelného filmu se mi to stává, ale neříkám to. Místo toho souhlasím, že jí pošlu zálohu a po příjezdu zaplatím celou částku. „Musíme zjistit víc a nemáme moc možností." "To je pravda.

„Je spousta jiných možností," řekne Moni, "ale Anna má na ulici kredit. Zařídím, aby to bylo co nejdřív."

***

Třetího května ve tři hodiny odpoledne přijíždí ke mně domů renomovaná vědma a médium Anna Augustová. Moni a já se schováváme za závěsy. Díváme se, jak vystupuje ze svého vozu na mou příjezdovou cestu. Obě jsme velmi zvědavé a chceme si ji prohlédnout, než se s ní setkáme osobně.

Za posledních pár týdnů jsme Annou posedlé. Zároveň jsem se stal posedlým zrcadlem, protože mi Anna řekla, abych se od něj držel dál. Nemluvila jsem s ní, ale trvala na tom, aby mi Moni předala naléhavou zprávu.

Vzkaz zněl, že jestli tam ještě jednou vejdu, dozví se to. Naše domluva by byla zrušena. A také, že bez ohledu na to bude požadována plná platba.

Byly by to pro ni snadné peníze, kdybych varování ignoroval. Dostala by zaplaceno, aniž by překročila můj práh. Její slova mě vyděsila natolik, že jsem zamkla dveře dětského pokoje. Pro jistotu.

Anně je kolem šedesáti let a je to pohledná žena. Není hezká, je pohledná. To není myšleno jako urážka. Je to způsob, jakým se nám oběma jeví. Je velmi vysoká, skoro metr osmdesát, a jak nosí vlasy nahoře sepnuté do drdolu. To jí na výšce ještě přidává.

Nosí krvavě rudý kabát s vysokým límcem a černými knoflíky ve tvaru srdce. Na nohou má tlusté černé klíny. Na obličeji má nepatrný nádech řasenky, červenou rtěnku a nic víc. Tmavě černé vlasy za levým uchem jí odhalovaly černou náušnici ve tvaru srdce. Dokonale ladila s knoflíky na jejím kabátě.

Anna kráčí ke vchodovým dveřím s mocným pocitem odhodlání a cílevědomosti. Trochu se zavrtí na svých klíncích a my se zachichotáme. Když nás Anna spatří, mrkne na nás a udělá nad sebou znamení kříže. Zaváhá a pak udělá znamení kříže nad mým domem.

Jsme tak rozptýleni a zaujati vším, co Anna udělala, že si nevšimneme muže, který se za ní táhne.

Měří skoro metr osmdesát a má černé vlasy a černý plnovous. Na sobě má černý kabát, oči mu stíní černá čepice, černé kalhoty a boty. Prochází kolem jako temný osamělý mrak. Uvědomíme si, že shrbení je způsobeno tím, co nese na zádech: malý černý kufr. Ačkoli je malý, jeho váha stačí k tomu, aby se hrbil.

Anna udeří do klepadla a my se vrháme vpřed, abychom jim vyšli vstříc.

***

Anna vpluje dovnitř jako vítr a temný mrak vane nedaleko za ní. Nejdřív ke mně natáhne ruku a vezme mě za druhou. Podívá se mi do očí a já do jejích - které měly zvláštní odstín zelené s drobnými červenými skvrnkami přes zornice.

„Jsem tak ráda, že tě konečně poznávám," řekne, natáhne ke mně ruku a pak se zastaví, než se dotkne dítěte. Přikývnu, že jí to nevadí, a ona položí otevřenou ruku na dítě. Očekávám, že kopne, aby potvrdilo její přítomnost, ale neudělá to.

„Musí spát," řeknu. Z nějakého zvláštního důvodu ve mně jeho nepředstavení se kopnutím vyvolává pocit, že jsme nezdvořilí.

Anna si odhrne kabát. Otočí se k Moni a pozdraví ji. Představí nás svému manželovi, který stojí v pozadí a protahuje si záda. Jmenuje se Ballard.

Přistoupím k němu a podáme si ruce. Potřebuje pomoct sundat truhlu ze zad, tak mu pomůžu. Poté se postaví rovně a vzpřímeně. Nakonec není tak malý. Na muže je malý a Anna ve svých klíncích se nad ním tyčí.

„Pojďme se věnovat nudným detailům," navrhne Ballard.

„Ano," řekne Anna.

„Ona myslí peníze," zašeptá Moni.

Vezmu si z postranního stolku kabelku. Je v ní celá částka, kterou podávám Anně a ta ji podává Ballardovi.

„Děkuji," řekne Anna.

Ballard vyndá peníze a prolistuje los. Ujistí se, že je tam celá částka, a strčí si ji do kapsy kabátu.

„Ráda bych si teď prohlédla pokoj," řekne Anna.

My tři, Moni, Anna a já (nebo čtyři, když započítám i dítě), se vydáváme k dětskému pokoji. Ohlédnu se a vidím, jak Ballard loví v kapse klíč, který zasune do zámku a otevře kufr.

Jsem zvědavá na klíč, ale ještě víc mě zajímá jeho obsah. Ballard pokračuje. Obracím pozornost zpět k této záležitosti.

„V pravý čas," řekne Anna, když nás posouvá dál. Vidí, jak se na Ballarda zvědavě dívám. Zdá se, že jí nic neunikne.

Než dojdeme k dětskému pokoji, Anna se náhle zastaví. Zatraceně blízko do ní narazím, protože jsem teď na konci smečky s Moni v čele.

Annin dech se mění. Zadýchá se a tváře jí velmi zčervenají. Zaťatými pěstmi se chytne stěny po pravici a druhé stěny po levici a zůstane nehybně stát. Její pěsti se rozpřáhnou jako rozkvetlé růže. Položí ruce naplocho a rozevřené na povrch stěn po obou stranách.

Hlava jí odlétne dozadu a oči se jí doširoka otevřou a hledí do stropu. Celé její tělo se začne třást a zmítat v křečích, jako by dostala epileptický záchvat.

***

Pak jejím tělem cosi projede. Ať už je to cokoli, vidím, jak si to razí cestu skrz ni. Podívám se na Moni, které oči téměř vylézají z lebky. Natáhnu se Anně přes rameno a vezmu Moniinu ruku do své. Stojíme na místě a nevíme, co dělat. Anna dál vibruje a kroutí se.

Pak je tu Ballard a něco přikládá Anně na zvrácené čelo. Je to stříbrné.

Vidím, jak se to blýská ve světle, ale nedokážu rozeznat, co to je. Nejdřív šmouha, pak mihotání. Zanedlouho Anny ruce a hlava klesnou. Pak je zpátky mezi námi.

„Je mi to líto, lásko," řekne Ballard. „Nečekal jsem..." Zastaví se a podívá se na Moni a na mě, které stále stojí vedle sebe a drží se za ruce.

„To jsem nečekala ani já," řekne Anna a několikrát se zhluboka nadechne a uvolní, aby se uklidnila. „To bylo něco nebo někdo mocný. Můžu si dát sklenku portského, než budeme pokračovat?"

Začnu říkat, že žádné portské doma nemám. Ballard, který přišel připravený, vyndá z nitra saka placatku. Otočí uzávěrem a podá ji Anně.

Třesou se jí ruce, když se snaží napít. Ballard jí pomáhá.

Anna si rukou otře ústa. Stále vidím, jak se jí třesou prsty, když jí podává placatku zpět. Ballard mi nabídne doušek. Odmítám kvůli dítěti. Moni také odmítá, ale děkuje Ballardovi za nabídku.

Anna přeruší ticho. „A teď budeme pokračovat."

***

Než dojdeme ke dveřím dětského pokoje, zabouchnou se. Síla je tak velká, že si myslím, že by mohla zlomit panty. Protlačím se kolem družiny a využiji obvodu svého dítěte, abych si uvolnila cestu.

Když jsem u dveří, sáhnu do kapsy pro klíč. Jakmile odemknu, pokusím se otočit klikou. Říkám pokus ze dvou důvodů.

Zaprvé se nehne a zadruhé je rozpálená tak, že křičím, když se mi na ní rozteče kůže. Je to, jako by se ke mně kovová klika přivařila, a moje kůže prská a páchne, jako by mě někdo griloval.

Mé rozpálené tělo je cítit téměř slaninou, když se dál snažím oddělit od rukojeti. Následujících několik vteřin jako by se zastavil čas a já se místo na bolest soustředím na samotnou rukojeť. Jediným pohybem se odděluji. Rukojeť se pohne. Na vteřinu si myslím, že se otočí a otevře, ale nestane se tak.

Podívám se doleva, kde stojí Moni, zírá, přemýšlí, co má dělat, ale nic nedělá. Podívám se na Ballarda, který se dívá na Annu, jež má zavřené oči a pronáší slova.

Dívám se a poslouchám její mumlání a uvědomuji si, že provádí nějaké zaklínadlo nebo zaříkávadlo. Alespoň tak to vypadalo podle fiktivních televizních pořadů, které jsem s čarodějnicemi viděla.

Provádějí věštkyně zaklínadla nebo kouzla? Nebyla jsem si jistá, ale ať už plánovala cokoli, určitě jsem doufala, že to vyjde.

Jak mi ta myšlenka prolétla hlavou, žár kliky dveří se zvýšil z devíti na deset a já vykřikla bolestí. Ballard se ke mně vrhne s lahvičkou brandy v ruce a potřísní mi ruku jejím obsahem. Kouří a prská a páchne jako vypraný vánoční pudink.

Zabere to a moje ruka se vymkne z rukojeti. Ballard mě odvádí od dveří. Stojím na místě, zatímco Moni podává Ballardovi lékárničku, kterou získala z koupelny. Zabalí mi ruku do gázy poté, co ji postříká nějakou tekutinou proti popáleninám. Ta mi zchladí teplotu kůže. Když mi ji omotá gázou, bolest je minimální.

Když se vrátíme na chodbu, Anna nikde není, ale dveře do dětského pokoje stojí dokořán.

Tentokrát vede Ballard a já s Moni ho následujeme nedaleko za ním. Ballard drží pravou ruku nataženou před sebou, jako by očekával příchod neviditelného a neznámého. Kdyby měl v ruce kříž, nebylo by to na místě. Na své vlastní dobro jsem sledoval až příliš mnoho televize.

Jakmile se ocitne uvnitř dětského pokoje, Ballard zašeptá: „Anno." Postaví se do dveří a brání nám s Moni ve vstupu do místnosti.

Žádná odpověď.

Ballard vejde dovnitř, stále volá Annu a my jdeme za ním.

Okno je otevřené dokořán jako v den, kdy jsem vstoupila do zrcadla. Tenhle vánek je ale prudký. Rozfoukává závěsy dopředu. Vlní se a přízračně se vznášejí nad podlahou.

Poletující záclony vedou můj zrak směrem k zrcadlu. Moni a Ballard dělají totéž, ale tentokrát jsou za mnou, když jdu k zrcadlu. Deka, kdysi přehozená přes zrcadlo, je teď zmuchlaná v chumlu na podlaze.

„Anno!" Zavolám na ni.

Ballard vykřikne jméno své ženy.

Ačkoli ho neznám, z výšky a tónu jeho hlasu mi po celém předloktí naběhne husí kůže. Otočím se a podívám se na něj, vidím čirý strach. Přišlo mi absurdní, že je takhle vyděšený. Ballard je její partner ve všech ohledech. Společně se ve svém životě zaměřují na pomoc lidem, aby se spojili se svými blízkými na druhé straně. Jsou to profesionálové.

Zamířím k zrcadlu. Jedním obrovským krokem do něj vcházím celým tělem.

Poslední, co slyším, je Moni, která křičí mé jméno.

***

Na druhé straně je naprostá tma.

Tohle je jiné než předtím. Děsivé.

Udělám dva kroky vpřed. Něco mi křupne pod nohama. Uhnu trochu stranou a doufám, že ať už to bylo cokoli, nebude to tam, ale je to tam. Popojdu dopředu, šlápnu na něco většího, než trochu klopýtnu a pak se ještě zastavím.

Příliš vyděšená na to, abych se pohnula, si uvědomím, že tohle místo vypadá přesně tak, jak jsem očekávala, že bude vypadat vnitřek zrcadla. Co ale nečekám, je ten zápach. Je vlhký jako tlející podzimní listí a studený. Objímám se kolem ramen.

Nehýbu se a doufám, že si mé oči zvyknou a přivyknou tmě.

Vteřiny ubíhají. Přesto neudělám krok žádným směrem. Občas cítím, jak se kolébám. Stát v klidu s takhle velkým břichem není snadný úkol. Mám pocit, že bych se mohla převrhnout. Hladím si bříško a snažím se zůstat klidná.

Kde jsou lesy, pláž a hory? Kde je slunce a podzimní vánek? Tady se mrazivý vzduch zastavil.

Přemýšlím, jestli je tohle jiná dimenze.

Proč mi tohle místo připadá tak neznámé, když to druhé mi připadalo útulné? Byl jsem blázen, že jsem sem vstoupil, aniž bych věděl, že je tu Anna.

Slyším křupnutí a pak Annin hlas. „Cath?“

Tělo se mi zachvěje, když odpovídám.

„Cath,“ říká, "musíš odsud vypadnout."

Pohladím si svůj dětský hrbolek ve snaze o normálnost.

„Víš, kolik kroků jsi udělala, když jsi přišla?“ Anna se zeptá.

Odpovídám jí, že jsem mnoho kroků neušla, a přitom jsem je ani nepočítala.

Ptá se, jestli bych se dokázala otočit, kdybych věděla, kterým směrem jsem přišla, a já říkám, že asi ano.

„Otoč se a jdi směrem ven,“ poučuje mě Anna. „Budu sledovat zvuky tvých kroků. Zvuk mě navede a společně se dostaneme ven.“ ‚Dobře,‘ řeknu.

Vzpomenu si na Darryla, když jsme se poprvé setkali. S těmito šťastnými myšlenkami v čele se mi do mysli vnucuje vzpomínka. Týkala se něčeho, co jsem četla nebo sledovala. O démonech ve tmě, kteří na sebe berou hlasy těch, které známe, někdy i těch, které milujeme. Démoni v něm předstírají, že jsou tím, kým nejsou.

Zklidním mysl a zaháním ty myšlenky, nabírám sílu myšlenkami na Darryla a dítě. Otočím se a natáhnu ruce, abych nahmatala cestu. Z toho křupání mě přepadá panika, ale věděla jsem, že jsem nezašla příliš daleko. Kráčím vpřed jako slepá zombie a nic necítím.

Udělám další dva kroky doleva, stále se pohybuji stejným směrem jako předtím, a znovu se natáhnu před sebe. Stále žádný kontakt s ničím. Další dva kroky.

A je to tady. Ucítím to a vykročím vpřed. Ballard a Moni mě táhnou zbytek cesty.

Anna mě chytá za ocas košile a prochází také.

Jsme v bezpečí.

Jsme zpátky.

***

Pláču, když mi Moni pomáhá přes místnost. Sedím v křesle kluzáku, jako bych na svých bedrech nesla tíhu celého světa. Hladím si svůj dětský hrbolek a broukám si Frere Jacques, abych uklidnila srdce i mysl. Můj chlapeček neodpovídá kopnutím, ale není na tom o nic hůř.

Moni přináší šálek horkého čaje. Ruce se mi třesou příliš na to, abych ho udržela. Zvedne mi ho ke rtům a já se napiju.

V rohu, mimo doslech, Anna šeptá Ballardovi, zatímco si utahuje z placatky. Třese se a Ballard se občas zadívá mým směrem a pak zpátky na svou ženu. Zachránil jsem ji, přivedl jsem ji zpátky. Zajímalo by mě, o čem se baví, ale jsem příliš unavená, než abych se do jejich rozhovoru vcítila.

„Jak dlouho?" Zeptám se Moni.

„Osm hodin."

„To nemohlo být osm hodin!"

„Venku je tma. Vidíš?" Odhrne závěsy a místo denního světla se venku objeví tma. Nakloní se a zeptá se: „Jak se Darrylovi dařilo?"

Syn mě kopne tak, že mi to vyrazí dech. Pohladím jeho nohu po kůži. „Uklidni se, synku."

Moni počká, až se dítě uklidní, a pak se zeptá: „Když tam Darryl nebyl, proč jsi byla tak dlouho pryč?"

„Já nevím," řeknu, podívám se směrem k Anně a doufám, že mi nabídne nějaké odpovědi. Koneckonců je to jediná odbornice v místnosti.

Anna si znovu potáhne z placatky. Jakmile si všimne, že na ni zírám, klopýtne přes místnost. „Jsi v pořádku?"

Anna stojí po mé levici, Moni přede mnou a Ballard po mé pravici, jako bych byl středem půlkruhu. Zachvěju se. Moni mi přes ramena přehodí deku.

Anna říká: „Zrcadlo má mnoho tváří. Tohle," ukáže směrem k němu, "by mělo být zničené."

„Ale proč?" Ptám se s drkotajícími zuby. „Je v naší rodině už desítky let a přivedlo ke mně Darryla." ‚Cože?' zeptám se.

„Navrhuji, abys ji poslal pryč, pokud ji nemůžeš zničit. Bude tě znovu volat a svádět ke vstupu, pokud bude ve tvém domě. Příště už bys nemusel mít takové štěstí. Příště bys tam mohl uvíznout navždy."

„Poslechni mou ženu," řekne Ballard. „Ona ví, o čem mluví, a jediné, co chce, je zabránit tomu, aby se tobě a tvému dítěti něco stalo."

„Mohla nám ublížit, ale neublížila," řeknu. „Byla tam tma a vlhko, ale už jsem byl na horších místech, na mnohem horších místech."

Anna zaváhá, chvíli přechází a pak řekne: „Ten křupavý zvuk. Co myslíš, že to bylo?"

Ballard přistoupí ke své ženě a zašeptá jí do ucha. Znovu se otočí ke mně.

„Listí," odpovím. „Mrtvé listí."

Anně se při pohledu na manžela rozzáří oči. „Byl to zvuk lámajících se kostí. Kostí jiných, kteří se už nikdy nevrátili."

Zalapám po dechu a snažím se nekřičet. Přemýšlím o zvuku, který jsem slyšela, a napadne mě, jestli si nevymýšlí a nesnaží se mě vyděsit. Kdybych šlápla na kosti, jak by to asi znělo? Jaký bych cítila pod nohama? Zněly by přesně jako ty uvnitř zrcadla.

„A teď odsud vypadneme," řekne Anna. „Udělali jsme, co jsme mohli. Už tu nemůžeme být. Pamatuj na má slova, jestli tu věc nezničíš, tak je to na tvou hlavu."

Když ode mě odcházejí, zavolám: „Proč jste na mě nepočkali? Proč jste vstoupili do zrcadla beze mě? Předtím tam byl Darryl, můj manžel. Všechno bylo bezpečné a dobré. Proč jste nepočkali?" Vstávám a jdu za nimi, očekávám odpověď, vysvětlení.

Anna pokračuje v chůzi.

Ballard se zastaví a zvažuje, že něco řekne. Rozmyslí si to: „Pojď, lásko. Tahle žena si tvé oběti ani rady neváží."

„Její oběť? Vždyť jsem tam šel a vyvedl ji ven! Zachránil jsem ji."

„Uklidni se," řekne Moni. „Pro dítě to není dobré."

„Vypadni z mého domu," křičím.

Poté, co si Ballard připevní kufr na záda, opouští se svou ženou můj dům.

Stojím tam se zaťatými pěstmi, zatímco mi po nohou stéká voda. Zaplavuje mě závrať a já padám na podlahu.

***

Nakonec to není voda. Je to krev.

Zjistím to, až když ke mně na příjezdovou cestu s křikem přijede sanitka a zdravotníci mě prohlédnou. Moje životní funkce jsou v pořádku, ale trvají na tom, abychom jeli do nemocnice.

Odpočívám připoutaná k přístrojům a monitorům a cítím vděčnost, že se mně i synovi daří dobře. Nic víc a nic míň.

Moni volá mojí mámě, která rychle přijíždí. Seděla se mnou, držela mě za ruku a říkala mi, že všechno bude v pořádku. Teď tvrdě spí v křesle.

Při pohledu na ni, jak spí, si uvědomím, že matky jsou bohyně. Spoléháme se na ně ve všem od okamžiku našeho početí. Když nám vysvětlují, že všechno bude v pořádku, i když víme, že to nemohou vědět, stejně jim věříme. Kdyby nám řekly, že nebe je oranžové, museli bychom jim věřit. Proč by nám lhali? Naše matky jsou zdravotní sestry, lékaři, rádci nebo poradci, učitelé, filozofové a naši přátelé. Matky nosí tolik klobouků.

Sáhnu si na svůj dětský hrbolek a přemýšlím o svém vlastním potenciálu naplnit roli matky a jediného rodiče svého syna. Doufám, že se dokážu vyrovnat síle a odvaze své matky. Kdybych se dokázala dostat na osmdesát procent toho, čím pro mě byla ona, byla bych v sedmém nebi.

Uvažuji o tom, co mi řekl lékař. Krvácení nebylo nic vážného. Dočasný stav a ten se zastavil. Miminko je v pořádku a má silný tlukot srdce. Přesto je termín porodu nedaleko a oni chtějí, abychom tu byli.

Odplouvám a myslím na Annu, jsem zklamaná. Tolik jsme se připravovali na její příchod a na to, že mi nabídne pomoc. Požádala jsem Moni, aby se s ní spojila a zjistila, jestli by mohla doplnit některé mezery. Chtěla jsem vědět, co se jí stalo, než jsem vstoupila do zrcadla. Co věděla? Co viděla?

Taky jsem chtěla vědět, proč skočila do zrcadla dřív, než jsme kdokoli z nás byl v místnosti.

Po tvářích se mi v tichém pláči rozlily slzy. Darryl mi tolik chybí. Život by byl úplně jiný, kdyby tu byl. Život je příliš krátký, příliš vzácný na to, abychom promarnili jediný okamžik.

Padnu zpátky na polštář a zavřu oči.

***

Nohy se mi zvednou ze země. Vyletím křídly monarchy motýla do volného prostoru. Stoupám stále výš a výš k obloze, jak mě míjejí letadla. Cestující mávají z oken. Ptáci se zastavují. Jeden mi sedí na rameni. Otevírá a zavírá zobák ve zpěvu, jako by se mnou chtěl vést rozhovor. Odlétá, šťastný, že se pokusil komunikovat se svým nebeským kolegou.

Pode mnou mě následuje malý okřídlený člověk. Pohladím svůj dětský hrbolek, ale zjistím, že už tam není. Okřídlená osoba pod námi je mé dítě. Má modročerná křídla. Učí se létat. S námahou si razí cestu ke mně.

„Mami,“ volá.

Vznáším se na místě a čekám, až mě dožene.

„Mami,“ zavolá znovu.

Tlačím se dolů, dokud nejsme vedle sebe. Chytnu ho za ruku.

Společně se zvedáme.

Zakloním hlavu, stále držím jeho ruku ve své, a obloha se ve zlomku vteřiny změní ze dne na noc. Vzduch se změní z teplého na studený a zvedne se vítr, který nás od sebe odstrčí.

Se synem se k sobě přitiskneme, pevně se držíme a synchronizovaně máváme křídly. Bezmocní.

Ozve se hrom. Blesky šlehají po obloze za námi, pod námi, stále blíž a blíž.

Přímý zásah do mých křídel. Na jeho křídlech vzplane jiskra.

Padáme zpět, odkud jsme přišli.

***

Probouzím se s křikem. Tolik k tomu, že jsem nevzbudil mámu.

Ten sen byl tak skutečný, tak živý. Monitory kvůli němu blikaly a pípaly. Přiběhl nemocniční personál a převzal kontrolu.

„Byl to jen sen," říkám, abych je uklidnila. Přesto dál spěchají kolem.

Vytírám si z očí spánek.

S mámou něco není v pořádku. Nepřišli si pro mě.

Položili ji na nemocniční lůžko a odvalili z pokoje. Kolečka ji skřípavě odvádějí ode mě.

„Co se děje?" Vykřiknu. Snažím se vstát, jít s ní, být s ní. Musím dohnat doprovod.

Jsem však připoutaná. Snažím se osvobodit. Ne dost rychle.

Sestra mi do paže vpichuje jehlu.

Poslední, co si pamatuji, je, jak jí nadávám.

***

Když se probudím, Moni je u mě. Když jsem usnula, byl den. Teď je tma. Všechno skrz okno vypadá černě a bez hvězd.

Když se snažím dát dohromady střípky, můj syn mě nesmírně silně kopne. Jako by mi připomínal, že ho mám dát na první místo, jako bych to potřebovala připomínat. Nejdřív to byl ten děsivý sen. Pak měla máma potíže, byla nemocná nebo tak něco.

Vracím se zpátky do reality.

Moni mi podává sklenici vody. Přátelíme se s ní už tak dlouho, že mám někdy pocit, jako bychom měly telepatické spojení. Moni je nejlepší kamarádka na světě. Nevím, co bych si bez ní počala.

„Děkuju,“ řeknu, když se napiju a cítím, jak si chladná voda razí cestu do mého velmi prázdného žaludku. Není divu, že moje dítě kope jako šílené. Potřebuju doplnit energii, když jsem dneska nejedla. Ne že by nemocniční jídlo bylo něco, o čem by se dalo psát doma. Ptám se Moni, jestli by jí nevadilo, kdyby se vytratila a přinesla mi něco z rychlého občerstvení jako pozornost.

Moni jako obvykle logicky uvažuje a navrhuje, abych zavolala sestřičce. Zeptat se, jestli by pro mě nemohli něco udělat, abych nenarušila jejich požadavky na stravu pro mě a dítě. Zní to jako dobrá rada, i když já bych cheeseburger, hranolky a koktejl zavraždila.

Sestřička je ochotná a říká, že mi co nejdřív přinese něco speciálně vyrobeného pro mě. V nemocničním jazyce, což znamenalo, jakmile se dostanu na vrchol pořadí. Kdo dřív přijde, ten dřív mele.

Jednou rukou si třu dětský bříško a usrkávám další vodu, abych udržela návaly hladu na uzdě.

„Musíme si promluvit,“ řekne Moni.

„Poslouchám.“

„Tak zaprvé, tvoje máma je v pořádku. Měla mrtvici, ale pokud vím, nebyla nijak velká. Neznám konkrétní podrobnosti, protože nejsem z rodiny, ale mám dojem, že se úplně zotaví.“ Moni se usměje.

S úlevou vydechnu a připomenu Moni, že je jako sestra, kterou jsem nikdy neměla.

„Mám sestru," řekne Moni, "ale ty jsi moje sestra, kterou jsem si vybrala."

„Mám tě ráda," řeknu.

„Taky tě miluju."

Chvíli mlčíme a pak řekne: „Mluvila jsem za tebe s Annou. Návštěva u tebe doma a v zrcadle je úplně vyděsila. Ti dva nejsou žádní nováčci. Ona, chci říct Anna, se ještě nikdy necítila tak blízko čistému zlu, jako když byla uvnitř tvého zrcadla."

Vzpomínám si na ten pocit blaženosti, když jsem byl s Darrylem. Ten pocit jeho doteku. Jeho spojení se synem. To, co říkala, mi připadalo směšné a říkám to.

„Jak to myslíš?"

„Především jsem tam byla taky. Ano, byla tam velká tma. Bylo to vlhké a dokonce trochu smradlavé, ale necítil jsem ve vzduchu přítomnost zla. Kdyby v té tmě číhalo zlo, mohlo si kdykoli vzít kohokoli z nás. Byli jsme mu vydáni na milost a nemilost. Tak proč to nic neudělalo?"

„Říká, že ďábel chce jen duše poškozených. Těch, kteří se dopustili zla nebo vykonali zlé skutky. Jedinou výjimkou jsou ti, kteří k němu přicházejí dobrovolně a mají čisté srdce."

„A Anna, jak do tohoto scénáře zapadá? Ptám se.

„Anna říkala, že kdybys tam nebyl ty a hlavně to dítě, tak by ji ta věc unesla. Říká, že jí to našeptávalo, že je ztracená, že je jeho, než jsi vstoupil do zrcadla. Když jsi to udělal, z dítěte vyzařovalo světlo. Nebylo to jasné světlo. Bylo tlumené, ale stačilo jí, aby věděla, že jsi tam. To světlo ji dovedlo k tobě a v poslední možné vteřině tě popadla a ty jsi ji vytáhl ven. Bez dítěte, bez tebe by byla ztracená, její duše by tam uvízla navěky.“

Aniž bych o tom přemýšlela, pohladím dítě po noze. Otáčí se ve mně.

Vzhlédnu, když do místnosti vstoupí cizí muž s deskami. Na tváři má zamračený výraz velký jako Grand Canyon, ale je nějak zarudlý a bledý zároveň.

„Vy jste Cath?“ zeptá se.

***

Nemá na sobě bílý plášť a není to ani rodina, ani přítel.

Přikývnu a potvrdím, že jsem to já.

V odpověď zavolá: „Přineste to dovnitř.“ „Cože?“ zeptám se.

Dva doručovatelé přinášejí velký zakrytý předmět.

Než ji odhalí, už vím, co to je. Zrcadlo. „Co to tady dělá? Nežádala jsem vás, abyste ho přinesli.“

„Tady to podepište.“ Muž podává Moni pero. Ta nejprve rázně odmítne podepsat, ale muž zvýší hlas. Vyhrožuje, že způsobí rozruch, a tak podepíše, ale až poté, co jí to řeknu.

„Vymyslíme, co s tím uděláme, až ti dva hajzlíci - bez urážky - odejdou.“

Moni se usměje a já taky.

Poslíčci se stáhnou.

„Co teď?“ Moni se zeptá a stojí co nejdál od zrcadla, aniž by vyšla ze dveří.

Cítím se v bezpečí tam, kde ležím na posteli, zabalená do peřin. Odtud se můžu co nejvíc snažit ignorovat slona v místnosti. Co tady proboha dělal a kdo ho poslal?

***

Zazvoní Moniin telefon a obě nadskočíme. Má plné ruce práce s odsunutím zrcadla na stranu u okna.

„Hned jsem zpátky," řekne.

Cestou na uvítanou si zrcátka všimne nová obsluha a odkryje ho. „To je ale krásné zrcadlo," říká. „Zejména rám a dřevo jsou naprosto úchvatné." Přejede prsty po vyrytých spojených rukou a řekne: „Japonské, že ano?"

„Já-já nevím, ale je v naší rodině už desítky let."

Obsluha nastaví zrcadlo tak, aby bylo vidět do mého periferního pohledu. Část je obrácena ke mně a část k oknu.

Podívá se na jeho zadní stranu. „Něco takového jsem už viděl. Kdybyste ho někdy chtěla prodat, zavolejte sem a ptejte se po mně nebo mi nechte vzkaz.

Jmenuji se Daniel Chung." Podá mi svou vizitku.

„Ehm, děkuji," řeknu, když se Moni vrátí do pokoje.

„Je všechno v pořádku?" zeptá se, když se podívá na zrcadlo a vidí, jak se s ním ošetřovatel mazlí.

„Ano," odpovím, "Daniel mi říkal, že si myslí, že to zrcadlo je japonské. Říkal, že už něco takového viděl. A že by měl zájem si ho koupit. Tedy pokud bych se s ním někdy chtěla rozloučit."

Moni zbledne.

Daniel mi zkontroluje tep. Potvrdí, že je všechno v pořádku, a zeptá se, jestli něco nepotřebuju.

„To je ale divný chlap," řekne Moni.

Praskne mi voda.

***

Věci se dějí příliš rychle. Monitory se zblázní. Začínají kontrakce. Jsem rozšířená a připravená tlačit. Srdeční tep miminka klesá, stejně jako jeho krevní tlak. Odvážejí mě na kolečkách na sál a začínají mě připravovat na akutní císařský řez. Tolik bych si přála, aby tu se mnou byl Darryl.

Je to všechno v rukou. Omamují mě a jdou zachránit mého syna.

Jsem mimo, nic nevidím ani necítím. Pozoruji nemocniční personál, jak se pohybuje kolem. Poslouchám přístroje. Doufám a modlím se, aby byl můj syn v pořádku.

Zvedají ho, abych ho viděla.

Nepláče.

Je modrý.

Křičím.

Někdo mi píchne do ruky jehlu.

Spím s vědomím, že můj syn je mrtvý.

***

Probudím se a vzpomenu si.

„Chcete si ho pochovat?" zeptá se mě sestra.

Přikývnu.

Odchází z pokoje.

Vstávám z postele.

Můj syn přichází ve skleněné vitríně zabalený do zelené deky. Na hlavě má stejnou pletenou čepičku.

Podává mi ho. Po tvářích se mi kutálejí slzy, když ho líbám na chladné čelo a vidím, jak se odrážíme v zrcadle na druhé straně pokoje.

Přistoupím k němu.

Pořád jsem máma. Držím svého syna.

Políbím každé jeho víčko.

Země pod mýma nohama se začíná třást, jak slunce křičí světlo do pokoje, do zrcadla a do mého syna.

Jeho víčka se otevřou. Vidí mě. Poznává mě.

Pak je pryč.

Klopýtám a v náručí držím lehkost ničeho.

V zrcadle Darryl drží našeho syna.

„Miluju tě," říká Darryl a líbá ho na čelo.

„Taky tě miluju," řeknu, když náš syn začne plakat.

Zrcadlo se začne točit nejprve pomalu, pak nabere na obrátkách. Naráží a mele, kroutí se, jako by chtělo odletět.

Jako zhypnotizovaná nemůžu odvrátit zrak.

Darrylova ruka se natáhne od zrcadla a já ji vezmu.

A jsme navždy spolu Darryl, naše dítě a já.

PŘÁNÍ SMRTI

Bylo pro něj těžké myslet na něco jiného.

Žil v dokonalé době. V době, kdy mohl na internetu najít cokoli.

Videa a fotky. Všechno, co o něm potřeboval vědět. Dokonce i věci, které ho k smrti děsily! A mohl to dělat v práci nebo doma.

Stačilo mít otevřených několik záložek, a když potřeboval, přepínat mezi nimi. Bylo to, jako by byl špión a hrál hru na kočku a myš, o které věděl jen on sám.

Každou volnou hodinu - nebo tolik, kolik jen mohl - trávil pátráním. Uspořádával a znovu skládal dílky skládačky. Klíčem k úspěchu byla příprava. Dával si vše dohromady, dokud nebyl připraven. Pak by to bylo snadné a se všemi fakty na stole by vyloučil možnost neúspěchu.

„Neúspěch nepřipadá v úvahu," řekl si a přemýšlel, kdo to řekl první. Ze zvědavosti si to vygooglil. Našel stejnojmennou knihu, která byla připsána Gene Kranzovi, letovému řediteli Řízení letů NASA.

Problém s bádáním na internetu - rozptylování. Je tak snadné sejít z cesty. Do temné díry. Kdyby se na to nedíval, čas by letěl a brzy by na to byl příliš starý.

A pak tu byla vyrušení. Život měl své rušivé vlivy, dobré i špatné. Člověk se s tím musel smířit - mohl procházet životem a dělat věci, které miloval, nebo věci, které nenáviděl, ale tak jako tak mu čas utíkal a nemohl ho nijak ovlivnit.

Jediné, co se dalo dělat, bylo zavřít dveře, doufat a přát si, aby svět zmizel. Někdy to nebyl moc dobrý pocit pro ty lidi ve vašem životě, které jste milovali, například pro vaši ženu. Nebo váš pes.

Někdy měl pocit, že by měl padnout, aby se své ženě se vším svěřil. Vrhnout se jí k nohám. Ale pak uvažoval o tom, jak by se cítil, kdyby jeho tajemství nebylo jen jeho tajemstvím. Jak by musel odpovídat na otázky a jak by se o jeho rozhodnutích dalo diskutovat. Každý jeho kousek by byl rozebrán jako vánoční stromeček.

Ne, rozhodl se. Utajení byla jediná možnost. Kromě toho by si dělala starosti. A mohla by do toho zatáhnout další lidi, třeba jeho rodiče nebo její rodiče nebo jejich přátele. Pak by byla kočka venku z pytle.

Přemýšlel, odkud ta fráze pochází. Vyhledal si ji a pousmál se nad debatami na internetu, zejména nad německým a holandským přirovnáním „prase v žitě". Sjel dolů a chtěl zjistit jméno autora, ale vzdal to, když za ním jeho žena „hekla". Přepnul obrazovku na něco neutrálního.

„Ještě pár minut," řekl.

Zavřela za sebou dveře.

Kdykoli strčila hlavu do dveří... I poté, co odešla... Připadal si, jako by mu bylo zase sedm let a byl přistižen s rukou ve sklenici na sušenky.

Zatracený katolicismus, pomyslel si.

Cítil se kvůli tomu všemu provinile.

Nebylo to tak, že by si honil triko nebo něco podobného.

Pracoval.

Hlavně pracoval.

Pravda, nedostával za to zaplaceno, ale pořád to byla práce. Mělo to smysl. Vyhledal slovo „práce". Jedna z definic zněla: „forma mučení".

Zasmál se.

Snažil se soustředit, ale nešlo to, protože se cítil zatraceně provinile. Jako by ho jeho žena neustále sledovala. Vyčítala mu - což nedělala. Jeho mysl křičela: „Copak na mně nezáleží?". Zakryl si uši a zavrávoral. Už jen pomyšlení na to, jak ho odsuzuje, jak jím její slova projíždějí jako máslem, ho přimělo kousnout se do palce...

„Koušeš si palec u nás, pane?" zeptal se prázdné místnosti.

„Říkal jsi něco?" zeptala se jeho žena přes zavřené dveře.

„Ne," řekl. A pak si pod nosem odfrkl: „Já si na vás palec nekoušu."

To byly jediné verše ze Shakespeara, které si pamatoval. Stejně jako Shakespeare byl tak trochu královnou dramatu.

Vrátil se k práci a teď se cítil provinile, že Jayne lhal.

Nebylo to ani tak, že by se díval na porno nebo něco podobného. Někteří z jeho kamarádů měli své provinilé internetové radosti, ale to nebyla jeho parketa. Když se chlubili svými výdobytky, měl chuť zmizet. Jeden z jeho ženatých kamarádů se zaregistroval na několika takových online seznamkách. Posílali mu fotky na mobilu, a přitom se s nimi osobně ani nesetkal. A pak tu byli závislí na online pornu. Mluvili o tom, dokonce se tím chlubili.

Dělalo se mu z toho špatně. Styděl se za to, že je muž.

Na druhou stranu, mnohé manželky si po přečtení té sexy knížky na seznamu nejprodávanějších knih kupovaly nařasená růžová pouta. Jeho žena se ji také snažila přečíst, ale jako učitelka angličtiny se nedokázala přenést přes špatně napsaný text. Kamarádky jeho ženy ji neustále nabádaly, aby to zkusila. Říkali jí, aby styl psaní ignorovala, ale učitelka v ní jí to nedovolila.

Opět se nechával unášet myšlenkami. Vyhledal si název sexy knihy a na YouTube objevil nevhodnou loutku, která četla několik kapitol. Nasadil si sluchátka, poslouchal a navzdory sobě samému se smál. Někdo si dal práci s tím, aby to dal dohromady.

Ale nebylo to nic víc než rozptýlení. Potřeboval se vrátit k úkolu, který měl před sebou. Nenáviděl sám sebe, když se nedokázal soustředit, a přitom se nechal tak snadno rozptýlit.

Vtom zaštěkal jeho pes Buddy a on se podíval na hodinky. Buddy byl venku už skoro třicet minut.

S pocitem viny vyskočil a udělal několik kroků ke dveřím, aniž by vyměnil zástěnu. Buddy znovu zaštěkal a on se vrátil, aby zavřel notebook. Lepší být v bezpečí, než litovat, pomyslel si, když opouštěl místnost a kráčel chodbou.

„Příliš málo, příliš pozdě," řekla Jayne se smíchem jeho směrem, když k němu Buddy přiskočil.

„Promiň," řekl, "teprve teď jsem ho uslyšel."

„Žádný strach," řekla, "byla jsem blíž." Pak se vrátila ke čtení a známkování prací svých studentů.

S Buddym se vrátili po chodbě zpět do jeho kanceláře. „Promiň, Buddy," řekl, když si pes sedl na podlahu a začal mu olizovat obličej. „Chyběl jsem ti, Buddy?" zeptal se opakovaně, když Buddy zaštěkal ano.

„Radši se vrátím do práce, Bude," řekl rezignovaně.

Vrátil se do své kanceláře. Posadil se, odhodlaný se nyní soustředit.

Naklonil se blíž k obrazovce a celou dobu zvažoval všechna pro a proti. Nic si nepsal ani nedělal poznámky. Kdyby to udělal, někdo by je mohl najít a přečíst si je. Pak by musel všechno vysvětlovat, a to by nebyl rozhovor, kterého by se chtěl účastnit, teď ani nikdy jindy.

„Dáš si šálek čaje?" Jayne zavolala z kuchyně.

„Ne, díky," řekl.

Rozptýlení a další rozptýlení. Pět jednoduchých slov jako „Chceš šálek čaje" mu dokázalo roztočit mozkovou spirálu. Začal by přemýšlet o tomhle a tamtom a o tom, jak všechno souvisí se vším. Vzápětí by se z něj stal malý kluk, který se houpe na houpačkách na zahradě svých rodičů. Pak by se viděl, jak se houpe na stromě v parku. Byl by příliš vyčerpaný na to, aby dělal nějaký výzkum. Ne fyzicky vyčerpaný, rozumíte, ale psychicky.

Dnes však byl hlavně jeho den. Byla neděle a Jayne stráví většinu dne známkováním seminárních prací a pak přípravou večeře. Jistě, očekávala, že někdy vyjde ze své „jeskyně". Tak říkala jeho kanceláři. Přímý odkaz na tu knihu, kterou viděla u Oprah. Jeho žena mu jako dárek věnovala jeden výtisk v naději, že ho vyvede z jeho mužské jeskyně. Nemohl si vzpomenout, při jaké příležitosti, ale z toho, co se snažil přečíst, mu to připadalo jako nesmysl.

Jayne znovu zaklepala.

Měl právě dost času, aby znovu kliknul na stránku s firemními stránkami, než mu položila ruce kolem krku a políbila ho na temeno hlavy.

Bezděčně se nahrbil v ramenou. Skryl svou práci a představoval si, že ji zajímá všechno, co má na obrazovce.

Zajímalo ji to, protože v dalším okně komentovala otevřený Facebook. Připadal si jako takový ňouma, který v neděli odpoledne ztrácí čas prohlížením Facebooku. Nebo jinak řečeno, připadal si jako pitomec, když si Jayne myslí, že by v neděli odpoledne raději trávil čas prohlížením Facebooku - místo aby trávil čas s ní. Tak to vůbec nebylo a on chtěl, aby se o tom ujistila.

Zároveň si ale pomyslel, že ať už si v tuto chvíli myslí cokoli, je to možná sporné.

Nenuceně projížděl svůj pracovní e-mail a předstíral, že je nesmírně zaneprázdněný, když se objevilo okno s aktualizací stavu. Rychle ho zavřel a přál si, aby Jayne odešla.

„Budeš brzy připravená vyrazit, lásko?" Jayne se zeptala.

„Jistě, dej mi pět minut," řekl, a když se blížila ke dveřím, "nebo možná deset?"

„Dobře, tak deset, ale dneska se opravdu potřebuješ nadýchat čerstvého vzduchu. Stejně jako já. Navíc připravím Buddyho vodítko a může jít taky.“

„Dobrý nápad,“ řekl, protože dobře věděl, že Buddy se těší ven víc než on.

****

Stačí říct, že jejich výlet ven netrval dlouho. Vedla do nákupního centra. Davy lidí. Lidé, kteří vydělávají mzdu. Ztráta času. Hemoroidní H-éčkaři příštího týdne. Usmál se, ale necítil potřebu podělit se o svůj vtip s Jayne.

Jayne se nabídla, že všechno uklidí, a tak ji nechal.

Chtěl a potřeboval se dostat dovnitř svého doupěte a zavřít dveře. Jakmile byl uvnitř, udělal se jako želva s košilí kolem hlavy. Seděl tam takhle a hledal útěchu a ticho, dokud se neuklidnil natolik, aby mohl znovu začít s výzkumem.

Když se mu hlava znovu vynořila, slyšel, jak Jayne připravuje večeři. Broukala si u toho stařičký rozhlasový kanál. Představil si Jayne u sporáku, u kterého seděl Buddy a trpělivě čekal, až mu přijde na chuť.

To byl Bud-meister pro tebe. Vždycky čekal a s těma očima, co ho pozorovaly, mu člověk musel něco hodit. Ten pes mu bude moc chybět.

Párkrát zapraskal klouby prstů jako profesionální pianista. Pak přejel prsty po klávesnici. Vyhledával na Googlu. To, co na něj vyskočilo, se však naprosto lišilo od všeho, co kdy viděl!

Bylo to online. Byla tam skutečná videa lidí, kteří to dělali. Dělají to! Když se díval na první z nich, připadal si skoro jako ten člověk na videu. Srdce se mu rozbušilo, stejně jako tep. Nemohl uvěřit, že pouhé zhlédnutí videa může vyvolat takovou reakci.

Někdo by si na to měl stěžovat, pomyslel si, a pak si na to měl stěžovat já. Ale nehodlal to udělat. Podíval se na další a další a další. Pokaždé měl pocit, že on sám je tou zájmovou osobou. Pokaždé mu srdce málem vyskočilo z hrudi.

Vypnul to. Bylo toho na něj příliš. Příliš, příliš mnoho!

Dál si v hlavě přehrával to, co viděl, pořád dokola. Nemohl tomu uniknout. A čím víc na to myslel, tím víc se bál. Čím víc se děsil, tím víc mu ubývalo odvahy, až si říkal, jestli to vůbec může udělat.

Všechno to bylo v očích. V panických očích obětí!

Zvažoval jejich výrazy v obličeji. Usoudil, že se tak tváří, protože si na rozdíl od něj předem nic neprozkoumali.

Usoudil, že se prostě museli rozhodnout a jít do toho. Této myšlence nemohl přijít na kloub.

Bylo to příliš riskantní, a co kdyby si to rozmysleli?

Co když si to na poslední chvíli rozmyslel on?

Nechtěl, aby se mu to stalo.

Rozhodně se od nich lišil.

Možná byl příliš opatrný.

Možná byl příliš tupý a nudný na to, aby dokázal změnit svůj život - aby dokázal převzít kontrolu nad svým životem. To vše kvůli tomu, že byl tak dlouho vydán na milost a nemilost korporátnímu běžícímu pásu. On a všichni ostatní křečci. Stále dál a dál, stále dál a dál, aniž by se to nějak projevilo.

Nenáviděl svůj život. Ano, miloval Jayne a miloval Buddyho - ale život je víc než jen práce a postel.

Ano, milování bylo příjemné a mazlení bylo příjemné. Přátelé a rodina a všechno to citové blábolení bylo hezké. Ale život musel nabídnout víc. Prostě musel! A on se chystal natáhnout ruku a sáhnout po tom prstenu dřív, než bude pozdě.

Protože věděl, že pokud brzy neudělá něco, aby jeho existence na téhle planetě něco znamenala - pak tu stejně tak dobře nemusel ani být.

Zavřel notebook, položil hlavu a usnul.

***

Ve snu neměl nohy. Byl jen hlava a trup, seděl u stolu a psal. Neměl ani žádnou speciální židli. Ve snu seděl na stejné židli jako vždycky, s válečky na nohách. Když psal na klávesnici, vibrace jeho prstů pohybujících se po klávesnici způsobovaly, že se jeho trup pohyboval a kýval. Protože židle neměla područky, jeho trup se nakláněl ve směru ruky, kterou psal. Bylo to zvláštní, ale nebál se, že by spadl na bok. Cítil se nebojácný a kupodivu i inspirovaný.

Pak začala někde v pozadí velmi hlasitě hrát píseň. Byl to Mozart nebo Beethoven nebo některý z těch klasických skladatelů. Něco v jeho hlavě ho přimělo zatoužit poklepat si na palec u nohy - ale žádné prsty neměl. Probudil se a vydal ze sebe výkřik.

Jayne a Buddy přiběhli a otevřeli dveře. „Máš na tváři otisk jablka," řekla Jayne, jakmile zjistila, že je v pořádku.

„Promiň," řekl.

„Večeře už je skoro hotová," informovala ho.

„Dobře," řekl.

Udělala pohyb, aby za sebou zavřela dveře, ale on řekl, že je v pořádku nechat je otevřené. Ve tváři měla tázavý výraz, ale nic dalšího neřekla.

Jakmile se k ní připojil v kuchyni, došel si do lednice pro pivo. Večeřeli v příjemném, ale ne hovorném prostředí. Měli se rádi, ale někdy láska nestačila.

Nestačilo, když Jayne zjistila, že nemůže mít rodinu, jakou chtěla. Procházela jedním testem za druhým a zdálo se, že všechno funguje dobře. A pak prošel testem a jejich naděje a sny se rozpadly. Neměl dost zdravých plavců. V tu chvíli zemřela jakákoli naděje, že bude mít rodinu.

Nejdřív to brala s grácií. Skoro jako by se jí ulevilo, protože problém byl jeho, a ne její, což bylo v pořádku - ale nějak se kvůli tomu cítil méněcenný. Nikdy s ní o tom nemluvil. Ani s nikým jiným, když na to přišlo.

Po počátečním šoku zvažovali další možnosti, jako je adopce, IVF nebo náhradní matka. Žádná z těchto možností se mu nelíbila. V hloubi duše cítil, že si Jayne zaslouží někoho lepšího, než je on. Někoho, kdo by jí mohl dát všechno, po čem touží.

Bylo to zhruba v době, kdy se s Jayne vraceli odněkud domů a všimli si útulku pro zvířata. Psi a kočky bez domova. Manželé předtím o možnosti adopce domácího mazlíčka neuvažovali.

„Mohli bychom se tam podívat," navrhla Jayne.

„Myslím, že to nemůže uškodit," souhlasil.

Jakmile vstoupili do útulku, zasáhlo je štěkání a mňoukání. Do štěbetání se zapojili dva kakaduové.

Cítil klaustrofobii a chtěl se dostat ven.

Jayne začala na jednoho z kakaduů mluvit a zdálo se, že se jim tón jejího hlasu líbí. Podívala se na něj s nadějným výrazem.

„Nesouhlasím s tím, aby se ptáci zavírali do klecí," řekl.

„Hmmm," řekla, když se přesunula ke kočkám. „Je jich tolik," poznamenala Jayne. „Bylo by těžké si vybrat."

„Já bych dal přednost psovi," řekl.

„Hmmm," zopakovala.

Následně je jejich putování po útulku dovedlo k Buddymu. Jeho jméno tedy nebylo Buddy.

Zaměstnanci útulku ho pojmenovali Buster a v útulku byl něco málo přes měsíc. Byla to velká koule chlupů s tlapkami příliš velkými na jeho tělo. Neohrabaně si k nim vykračoval. Klopýtal a vrávoral. Zatímco se ho venčitelka neúspěšně snažila zkrotit. Ale vypadalo to, jako by měl Buster jednostranně zaměřenou mysl.

Mířil přímo k nim. Rozplácl se jim tělem na zemi u nohou. Pes se mu podíval přímo do očí a nebylo pochyb o tom, že Buster bude ten den adoptován.

„Můžu mu změnit jméno na Buddy?" zeptal se.

„Já nevím - zkuste to," navrhl psovod.

„Pojď sem, Buddy," řekl. „Pojď sem, chlapče."

Buddy sklopil uši a skočil mu do náruče. Toho dne se z nich stala tříčlenná rodina a od té chvíle se jejich život točil kolem Buddyho.

Pokaždé, když si na ten okamžik vzpomněl, měl ještě teď oči plné slz. Buddy mu bude chybět a Jayne mu bude chybět, ale oni to překonají. Časem se přes to přenesou a bude jim líp.

Nebo si to alespoň neustále opakoval.

Večer šli spát ve stejnou dobu. Ona četla knihu a on se snažil číst, ale nic nedokázalo udržet jeho pozornost. A tak jen přemýšlel a zíral a přemýšlel a zíral. A když mu Jayne vyprávěla o knize, kterou četla, přikyvoval, ale ve skutečnosti neposlouchal. Ona to od něj ani nečekala. Buddy byl na konci postele a chrápal dlouho před nimi.

Když usnula, vstával a popocházel. Nenechal Buddyho, aby se s ním procházel, protože jeho tlapky, které podupávaly po chodbě, by Jayne vzbudily. Někdy v noci se rozhodl, že se chová zbrkle. Řekl si, že prostě musí přežít další týden v práci a pak se všechno vyřeší samo.

Věděl, že to protahuje, ale nic se nezměnilo.

Bylo to nevyhnutelné.

***

Přesto přišlo pondělní ráno a zazvonil budík.

Šel po Buddy a snědl toast s máslem. Vypil šálek kávy a před cestou do kanceláře políbil Jayne na rozloučenou. Dvacet minut seděl v zácpě. Poslouchal zprávy a tlachání, až zatoužil po tichu. Zhluboka se nadechl, když se auta každých pár okamžiků posunula vpřed.

„Proč každý den čekám v zácpě, abych se dostal do práce, kterou nenávidím?" ptal se sám sebe nahlas.

„Proč jsem takový fňukal?" odpověděl si další otázkou.

Protože musíš něco dělat, říkal mu hlas v hlavě. Musíš nastartovat své srdce. Musíš se nebát. Potřebuješ se vyčůrat nebo vylézt z hrnce!

Snadněji se to řekne, než udělá, pomyslel si. Snadněji se to řekne, než udělá.

V kanceláři pozdravil recepční, která mu řekla, že uvnitř čeká šéf.

„Máme naplánovanou schůzku?" zeptal se, když projížděl rozvrh na svém telefonu.

„Ne," potvrdila.

Když vstoupil do kanceláře, cítil, jak se mu na čele tvoří kapky potu. Jeho šéfka vstala, vyměnili si pozdravy a podali si ruce, jako by se viděli poprvé.

Zvláštní, pomyslel si, když tu pracuji už sedm let.

„Posaďte se," řekl mu šéf. Znělo to jako přímý rozkaz, a tak to udělal, i když byl ve své vlastní kanceláři. Na svém vlastním území.

„Co pro vás mohu udělat, pane?" zeptal se.

„Byl jsem upozorněn, že v poslední době trávíte dost času - ne, musím s vámi mluvit na rovinu - dost času na Googlu. Nepřivádíte žádné nové zákazníky. Upřímně řečeno, jako firma si děláme starosti, protože se neudržíte. Táhnete svůj náklad. "

Na několik vteřin zaváhal. Ústa se mu otevřela, ale pak je zavřel a nic neřekl.

„Co k tomu můžeš říct?" zeptal se ho šéf, ‚nějaké, ehm, vysvětlení?' ‚Nevím,' odpověděl.

„Já-ne," vykoktal. „Já jen..."

„Vyklop to, chlapče," řekl šéf-muž. „Nějaké vysvětlení musí být!"

Ten jen zavrtěl hlavou.

„Třeba máš rodinné problémy?"

„Ne."

„Alkohol? Drogy? Smrt v rodině? Rozvod?“

Zavrtěl hlavou, že ne. Kéž by to byla pravda!

„No tak, člověče,“ řekl jeho šéf a byl čím dál podrážděnější. „Dej mi něco, s čím můžu pracovat. Cokoliv!“

„Byl jsem pod velkým stresem. Pod velkým tlakem.“

„Ano, tak to máš, chlapče. Vím, že jsem tě zaskočil tím, že jsem nečekaně přišel do tvé kanceláře, ale teď už to zvládáš, chlapče. Řekni mi víc. Jak ti můžeme pomoci? Myslím tím sebe a partnery.“

„To opravdu nevím,“ řekl. „Myslím, že by bylo nejlepší, kdybyste mě, ehm, vyhodil.“

„Ale, ale, kdo říkal něco o tom, že tě vyhodím? K tomu jsme ještě nedospěli. Máš tady za sebou sedm - počítej - sedm dobrých let. No, buďme realisté - je to asi spíš šest a půl, ale jsi ceněný člen našeho týmu. Chceme vám pomoci, pokud nám to dovolíte. Jak ti můžeme pomoci, chlapče?“

„Pokud neuvažujete o tom, že byste mě vyhodili, zvážili byste dovolenou? Třeba měsíc volna? Bez nároku na mzdu je to v pořádku. Mně to nevadí. I-“

„Říkáte bez platu. No, není třeba jít bez platu. Dneska dám dohromady papíry. Budeme tomu říkat „Stresová dovolená“. Jeden měsíc plně placený. Vezměte svou ženu a ehm, Buddyho a jeďte někam na pěknou dovolenou. Odpočiňte si.“ Vstal, naklonil se přes stůl a znovu si potřásli rukama.

„Děkuji, pane,“ řekl. „Děkuji. Opravdu.“

„Heather vám dá papíry k podpisu ještě před koncem dne. Dneska pracujte, dodělejte všechno, co můžete, a zbytek delegujte na někoho jiného. Pošlu celé firmě oběžník, že máte měsíc volna

- ale samozřejmě neřekneme proč." Dotkl se nosu, jako by chtěl potvrdit jejich společné tajemství. „To zůstane jen mezi námi dvěma."

Vstal a doprovodil svého šéfa ke dveřím. Šéf ho poplácal po zádech.

„Dávej na sebe pozor a nedělej si tady starosti. Než se vrátíš, tak to tu udržíme."

„Ještě jednou děkuji, pane," řekl a dokonce se mu podařilo na chvíli se usmát.

Pak si sedl k počítači a znovu se vrátil ke svému výzkumu. Na konci dne se kolem něj všichni shromáždili. Doufal, že mu nekoupili žádné dárky nebo něco podobného. Nedali.

Bylo to dobré rozloučení. Sbalil si do tašky všechny své osobní věci a když se vrátil do auta, velmi se mu ulevilo.

Jako obvykle dorazil domů dřív než Jayne. Vzal Buddyho na rychlou procházku kolem bloku a pak se vrátil k počítači. Podíval se na svou závěť a zvažoval, že v ní provede několik změn.

Jayne byl stále jediným dárcem. Rozhodl se odkázat něco útulku pro zvířata, kde Buddyho našli. Byla to dobrá částka - za ty peníze by mohli pomoci spoustě toulavých zvířat, a přitom by jeho život něco znamenal.

„Pojď sem, Bude," řekl. „Musíš se teď postarat o Jayne, ano? Spoléhám na tebe."

Buddy vyskočil a položil mu tlapky na ramena. Objali se. Otřel si slzu z očí.

Společně se vydali do kuchyně. Naplnil Buddyho misku s jídlem a pak pustil z kohoutku studenou vodu a naplnil mu misku s vodou.

Buddy se rovnou přesunul k jídlu, ale on ho chytil a znovu objal. Bojoval se vzlykem, když šel do ložnice a začal balit tašku na noc. Naházel do ní jen to nejnutnější, pas nechal ležet na desce stolu a pak se posadil, aby Jayne napsal vzkaz.

Stálo v něm:

Nejdražší Jayne, miluji tě nade vše, ale myslím, že beze mě by ti bylo lépe. Prosím, postarej se za mě o Buddyho. Je mi líto, že to musí být takhle, ale dal jsem slib, že tě udržím šťastnou, a tohle je jediná možnost.

XOXO nekonečno.

Tvůj milující manžel.

Když jel po Princeznině dálnici, přemýšlel o věcech, kterých nejvíc litoval. Nešel za svými sny. Nedovolil Jayne, aby si šla za svými. V prvních dnech byli silou, se kterou se muselo počítat. Ale teď to bylo jiné. Chtěla cestovat, létat, vzlétat a sdílet společná dobrodružství, ale on vždycky ustupoval.

Litoval toho strachu. Nenáviděl se za ten strach.

Připadal si kvůli němu jako méněcenný muž. A pak, když neměl dostatek plavců - no, to byla kapka, která zlomila velbloudí hřbet.

Tehdy začal o všem pochybovat. Proč se ocitl na zemi? Jaký byl jeho účel?

Jak by mohl věci změnit?

Vzpomněl si na dnešní ráno, kdy Jayne naposledy políbil. Ona to samozřejmě nevěděla, ale on ano. I kdyby mu nedali měsíc volna, zítra se nevrátí ani za nic. Ne, měl jiné plány. Jiná místa, kde by mohl být. Jiné věci, které chtěl dělat.

Aspoň jednou za hodně dlouhou dobu měl nějaký cíl.

Musel tedy zastavit auto, zastavit. Sotva stihl vystoupit z vozu. Ruce se mu třásly, jak zvracel. Nervozita. Strach. Vztek. Ponížení. To všechno se v jeho těle prohánělo a zneklidňovalo ho.

Když nastoupil zpátky do Lexusu, začal mu zvonit telefon. Byla to Jayne. Kliknul na tlačítko, aby přestal zvonit, a poslal hovor rovnou do hlasové schránky. Sledoval, jak se telefon o chvíli později rozsvítil se zprávou. Stiskl tlačítko, aby si ji poslechl.

„Právě jsem přišla domů a našla jsem tvůj vzkaz - nerozumím tomu. Kamarád a já tomu nerozumíme.“ Na znamení toho Buddy vyštěkl. „Přijď domů, ano? Přijď domů a můžeme si o tom promluvit. Promluvit si o tom.“ Odfrkla si. „Jsi tam? Posloucháš mě? Poslouchej!“ Jaynein hlas na několik vteřin utichl. Zpráva vypršela. Zavolala znovu. „Vím, že zatraceně dobře posloucháš, ty, ty - miluju tě. Odpověz mi!“

Zavěsil, vypnul telefon a uložil ho do přihrádky. Tam ho najdou - až potom.

Když se rozjížděl od obrubníku, kola jeho auta zaskřípala. Nahodil motor, přitlačil nohu k podlaze a rozjel se.

Řídil většinu noci. Cítil se trochu paranoidní, že by Jayne mohla do případu zatáhnout policii, ale nic se nestalo. Doufal, že se na něj nebude příliš zlobit.

Nebylo cesty zpět.

Navíc se mu ani nechtělo.

Koneckonců dosáhl všeho, co chtěl - všeho, co mohl.

***

Stál na vrcholu hory a kolena se mu nekontrolovatelně třásla. Odstrčil několik kamenů z okraje a sledoval, jak se valí na své cestě k úpatí. Poslouchal, jak si razí cestu dolů, jak cvakají a narážejí do kamene. Nakonec zaslechl jen slabé šplouchnutí a pak konečně nastalo ticho.

Byl to úžasný výhled - Modré hory - a teď mu všechno, co o nich četl, dávalo dokonalý smysl. Když člověk stál až tady nahoře, připadal si malý svou velikostí a postavou, ale jako součást něčeho většího, než je on sám. Cítili jste se sjednoceni s vesmírem a tak nějak jste se nebáli.

V tu chvíli o sobě dala vědět skupina hlučných kakaduů. Jejich hlasité, vysoké skřeky ho donutily zacpat si uši.

Tohle nemusíš dělat, řekl si. Nemusíš nikomu nic dokazovat. Můžeš se otočit a vrátit se domů k Jayne a Buddymu a nikdo nebude moudřejší. Jayne by pochopila, kdybys jí jednoduše vysvětlil, co se stalo v kanceláři. Naprosto by to pochopila a byla by ti oporou.

Ještě chvíli o tom přemýšlel, zatímco pozoroval mraky, které se tlačily po obloze.

Pravdou bylo, že se sebou nedokázal žít. S tím neustálým strachem. Bylo toho na něj příliš, než aby to mohl odložit a vrátit se domů a předstírat, že se to nikdy nestalo. Kdyby se teď vzdal a vrátil se k životu, jaký byl, pak by se na sebe nedokázal podívat do zrcadla. Už by nebyl mužem, ne doopravdy. Byl by ničím. Jeho život by nic neznamenal.

„Teď, nebo nikdy," řekl si.

A když ta chvíle přišla, už o tom nepřemýšlel.

Poprvé v životě byl plně odhodlaný.

Přiblížil se k okraji a jednoduše nechal své tělo padat dopředu, počínaje hlavou. Bylo to snadné, protože to byl strmý pád. Brzy už jeho ramena, trup a nohy pluly dolů v dokonalé synchronizaci.

Vykřikl. Nemohl si pomoct. Pevně sevřel oči a soustředil se, zatímco s ním vítr házel a třásl jako s loutkou.

Přinutil se otevřít oči a bylo to, jako by letěl.

Měl pocit, že je ve stavu beztíže, a zdálo se, že mu bylo souzeno právě takhle se vznášet. Zasmál se, když klesal ke dnu jako kámen.

Za pár minut bylo po všem.

„Úplně z jiného světa!“ ykřikl, když visel hlavou dolů na konci bungee lana.

„Zase! Znovu!“ vykřikl, když ho přitáhli zpátky.

NA SHLEDANOU!

„Pověz mi, jak jsi se poprvé setkala s tatínkem,“ požádala mě moje sedmiletá dcera, přestože stejný příběh slyšela už mnohokrát.

„Jsi si jistá, miláčku?“ Zeptala jsem se, protože jsem dobře věděla, co odpoví.

„Prosím!“ řekla a podívala se na mě těma velkýma modrýma očima, které zdědila po tatínkovi.

„Dlouhou, nebo zkrácenou verzi?“ Zeptala jsem se a odhrnula jí z očí pramínek vlasů.

„Dlouhou!“ řekla a zatleskala, jako by nikdy nechtěla jít spát.

„Pšt,“ řekla jsem. „Hmm, a kde to všechno začalo?“

„Sbohem,“ řekl tatínek,“ hlesla moje dcera.

„Přesně tak, miláčku,“ odpověděla jsem a vynechala část o tom, jak mě její tatínek přitlačil ke dveřím auta.

Popadla jsem kabelku, prostrčila ruku popruhem a vahou se vrhla proti dveřím, jako bych byla linebacker, a zatlačila do nich. Odemykala jsem nejprve pravou botou na vysokém podpatku a netrvalo dlouho, než jsem si uvědomila, že jsme zastavili vedle louže hluboké po kotníky. Než to můj mozek stačil zaregistrovat, abych do ní nevstoupila levou nohou, už se tak stalo. Přesto jsem se dostávala ven, pryč bez ohledu na to, jakou škodu to způsobilo mým oblíbeným botám.

„Aha," řekla jsem, teď už úplně venku z auta zády k řidiči.

„Tak to jsi šlápla do louže!" vypískla moje dcera.

„Ano, a tvůj tatínek se ušklíbl, když vyjel s otočením zadní pneumatiky a způsobil, že obsah louže vystříkl na zbytek mého těla. Setřela jsem špinavou studenou páchnoucí vodu a odfrkla si, než se mi usadila na šatech. Druhou rukou jsem zvedla prostředníček směrem k opouštěnému vozidlu,"

Zastavila jsem se, protože jsem tuhle část zapomněla vystřihnout.

„Proč jsi to udělala?" začala moje dcera.

„Nevadí," pokračovala jsem, "právě včas, abych zahlédla svou kabelku poskakující podél vozidla. Ack! Ta černá kabelka mi poskytla deset let štěstí, protože se hodila ke všemu a za každé situace. Dvojího určení, mohla se nosit buď přes rameno, nebo přes rameno a přes hruď. Měla zabudované přihrádky na všechno včetně mého telefonu."

„Ale ne, tvůj telefon!" vykřikla.

„Ano," řekl jsem s úsměvem. „Jak jsem se z tohohle průšvihu vůbec měla dostat? Důležitější je, že tě zajímá, jak jsem se sem vůbec dostal. A k tomu se dostanu za chvíli, ale nejdřív musím zhodnotit svou situaci. Udělat si přehled a převzít kontrolu. Nejdřív jsem si vypustila vodu z bot, když jsem sešla ze silnice, prošla orosenou trávou a vstoupila na chodník. Znovu jsem si obul boty, mokré, jak byly, dal jsem přednost mokru před všemi strašidelnými nočními plíživci, kteří by mohli číhat kolem, a zamířil jsem k nejbližšímu pouličnímu osvětlení.

„Teď jsem si položila ruce na boky v pozici Wonder Woman a začala jsem vymýšlet plán, jak se dostat z průšvihu, do kterého jsem se dostala.“

„Byla to pěkná čtvrť,“ řekla.

„S upravenými trávníky, nikde ani plevel, ani auto - všichni byli bezpečně schovaní ve svých dvou nebo třígarážích. Pěkné domy, v nich příjemní lidé. Nebo ne? A tak jsem se bez otálení rozhodla vybrat si dům, zaklepat na vchodové dveře a požádat o pomoc. Vybral jsem si dům, šťastné číslo sedm, a zamířil k němu. Po cestě jsem si všiml,“

„To ti bylo líto, mami.“

„To určitě. Nezasloužila jsem si uvíznout uprostřed neznámého území, pozdě v noci, celá mokrá, smradlavá a bez peněz. Když jsem se přiblížila k vyvolenému, číslu sedm, vzduch naplnilo šumění, následované svištěním automatického postřikovače, který si razil cestu. Nejdřív jsem se nerozběhl, už jsem byl mokrý, ale když se proud vody obrátil proti mně, s křikem jsem se dal na útěk. Teď jsem měla obličej mokrý od slz, které jsem neproplakala, když jsem přebíhala na trávník domu, o kterém jsem doufala, že mě zachrání. Číslo sedm.“

„Nikdy bys neměla mluvit s cizími lidmi, mami,“ řekla moje dcera.

„To máš pravdu, miláčku, ale byla jsem v nesnázích, mokrá a bez telefonu. Telefon máš vždycky u sebe a jsou v něm čísla na tatínka, babičku a tetu Lil.“ ‚To je pravda,‘ řekla jsem.

„A já znám tvoje číslo, tatínkovo i babiččino v hlavě.“

„To je pravda, zlato. Takže zpátky k příběhu. Ještě tě to ani trochu neomrzelo?“

„Ne, pořád čekám na tu nejlepší část!“

Pokračovala jsem: „Teď, když jsem tady, jsem přemýšlela, kolik je hodin. A taky mě zajímalo, jestli je někdo doma. A přemýšlel jsem, jestli jsou doma, jestli mi pomůžou. Byl jsem mokrý, špinavý a neměl jsem žádné doklady. Moje sebedůvěra klesala každým okamžikem, když jsem se otočila a opřela se o zvonek, který rezonoval shora dolů v domě, jak se rozsvěcovala a zhasínala světla. A rozběhla jsem se. Zpátky k místu, kde mě vysadili. Jako by to bylo známé území. Došel bych k obchodu na rohu, kde by měli telefon, který by mi dovolili použít, a já bych mohl zavolat o pomoc a poslat jim peníze za hovor. Ano, přesně to jsem měl v úmyslu udělat, dokud se vedle mě nevyřítilo auto a uvnitř jsem nepoznal přátelskou tvář. Byl jsem opravdu a doopravdy zachráněn!“

„To byla teta Lil!“ hlesla moje dcera a samozřejmě měla pravdu.

***

„Když jsem jela s Lil v autě, vzpomněla jsem si na svou neopětovanou lásku k Jasperu Wintersovi. Pozorovala jsem ho z dálky, jeho blonďaté vlnité vlasy, modré oči, nos posetý pihami. Byl tak milý, tak pozorný. Pořád chodil s tou či onou dívkou a kamarádky mi říkaly, že se moje posedlost jím blíží stádiu stalkera. Proto jsem souhlasila, že půjdu proti tomu, co jsem vždycky odmítala - jít na rande naslepo s úplně cizím člověkem. Ano, bylo to se stejným chlapem, který teď držel mou kabelku jako rukojmí. Jmenoval se Adam Trent."

„Můj táta!" hlesla. „To je na tom to nejlepší."

Usmála jsem se.

„To bylo naše první setkání, dneska předtím v obchodním domě u stánku s jídlem. Místo setkání bylo domluvené a bylo to na veřejném místě. Někde, kde jsme si mohli povídat a kolem nás bylo dost pohybu. Tohle prostředí by nás zbavilo tlaku. Aby ty mezery, kdy ani jeden z nás neměl nic na očích, nebyly tak bezútěšné. Je to vůbec slovo? Nevím, ale chápete, o co jde. Přes našeho společného přítele jsme se dohodli, že to pro nás bude příležitost poznat se z očí do očí. Pokud by mezi námi vzniklo spojení, domluvili jsme se předem na dalším setkání, které by zahrnovalo buď film, nebo večeři. Další krok pouze v případě, že bychom oba cítili spojení. V opačném případě jsme se oba shodli, že je to hasta la vista, baby! Adios a good riddance! Kdybych tak tenkrát věděl, co vím teď! Pak bych nebyl v této situaci. Ale jak se říká, zpětný pohled je 20/20. Když jsem ho poprvé spatřila naproti food courtu, nebyl to typ člověka, který by vyčníval v davu. Hned se mi na něm líbilo, že splynul s davem jako já, a když jsem při vyslovení jeho jména převalovala na jazyku Adam Trent, sedlo mi to k němu a hned jsem se uvolnila."

„Láska na první pohled," vykřikla moje dcera.

„Byla,“ řekla jsem. „Po představení jsme se šťouchli lokty, protože jsme oba měli na sobě povinné masky, zeptal se, co si dám k pití, a šel pro kávu. Správně mi objednal smetanu a jeden cukr, což mi ukázalo, že je dobrý posluchač, cítila jsem naději. Když jsme seděli a popíjeli kávu, povídali jsme si s pocitem důvěrnosti, jako bychom byli víc než známí, blíž k přátelům. Smál se, ne příliš hlasitě. Nesnášela jsem lidi, kteří se smáli opravdu nahlas a upozorňovali na sebe. Adam takový nebyl. Byl ohleduplný, milý, chápavý a povídání s ním mi připadalo normální. Nebo bych měla říct jako nový normál, protože jsme si volně povídali, zatímco jsme měli na sobě ochranné masky. Přesto si myslím, že bych se nemýlila, kdybych si myslela, že kdyby nás někdo pozoroval, bylo by mu jasné, že se ve společnosti toho druhého cítíme dobře. V rozhovoru jsme postupovali od jedné věci k druhé docela snadno a brzy mi řekl, že na podzim bude studovat na univerzitě. Poněkud neobratně jsem mu sdělil, že si beru rok volna. Neřekl jsem mu podrobnosti, že si potřebuji vydělat peníze, než se budu moci vrátit. To bylo příliš mnoho informací a nebylo to něco, co by o mně potřeboval vědět. Stejně tak jsem mu neřekla, že jsem vyhrála stipendium, abych se mohla věnovat klasické anglické literatuře.“

„Doufám, že budu studovat literaturu dvacátého století,“ prozradil.

„Páni!“ „Já chci studovat klasickou anglickou literaturu!“ vykřikla jsem.

„Když máme tuhle velkou společnou lásku k literatuře, snadno bychom se spojili, že? Měli bychom most z jedné literární země do druhé. On by objevil mé oblíbené autory a já jeho a žili bychom šťastně až do smrti. Přesně to si jedna moje část myslela. Tou druhou jsem poslouchala, jak pěje chválu na svého bohem oblíbeného autora na světě - Kurta Vonneguta. Nepřestával chválit a velebit všechno, co se týkalo jeho volby nejlepšího románu všech dob - Jatek 5.“

„Dokud nezašel příliš daleko,“ okřikla mě dcera.

„Ano, příliš daleko. Vlastně tak daleko, že mi nezbylo než se zastat skutečných mistrů, jako byli Shakespeare, Dickens a Twain, jejichž díla obstála ve zkoušce času. Poté, co se mu vrátila normální barva obličeje, prohodil do rozhovoru několik vonnegutovských výrazů, jako například: „Jen v knihách se dozvíme, co se skutečně děje.“

„Byla to bitva knih!“ řekla moje dcera.

„Ano, a naše první hádka. Řekl jsem: „Mluvíš o konstatování zřejmého!“ a pak jsem vypálil zpět s Markem Twainem: „Je lepší mít zavřená ústa a nechat lidi, aby si mysleli, že jsi hlupák, než je otevřít a odstranit všechny pochybnosti.“ A pak jsem se na to podíval. Někde jsem četl, že Twain byl jedním z Vonnegutových oblíbených autorů. To na něm bylo každopádně jedno pozitivum.

„Vstával, natáhl se přes stůl a dlouze a tvrdě mě políbil na masku. Přímo tam uprostřed jídelny. Byla to reakce na to, že jsem ho chytila za ruku, když řekl, že Vonnegut je Shakespeare naší doby. Řekl to s takovým přesvědčením, ze srdce a z duše, že mě skoro donutil uvěřit, že je to pravda.“

„Ty jsi políbil! Fuj!“ řekla a zakryla si obličej.

„The kiss, although abrupt and unexpected had been hot even though we had masks between us. Nevšimli jsme si, že na nás ostatní v jídelně zírají - nechali jsme to příliš dlouho. Když jsme se rozešli, znovu jsme se usadili a propukli v smích. Okamžitě jsme se rozhodli, že se v obchodním centru podíváme na film. Cestou do kina to spojení ochablo. Kdybychom měli rádi stejné filmy, mohli bychom ho znovu oživit? Pak by nebylo všechno ztraceno? Povídali jsme si o filmech, které má rád, a shodli jsme se, že nejnovější film Toma Cruise by nám oběma vyhovoval - ale už začínal, takže to nešlo. Na žádném jiném filmu jsme se nedokázali shodnout.

„Pojďme si dát něco k jídlu," navrhl.

„To už bylo skoro deset - taky jsem měla hlad. Jediné, co jsme měli, bylo kafe, a to už byla věčnost, a už nějakou dobu jsme cítili vůni popcornu."

„Mně to nevadí," řekla jsem.

„V obchoďáku, nebo venku?" zeptal se.

„Říkal jsem, že bychom se měli nadýchat čerstvého vzduchu, a tak jsme z obchoďáku vyšli do několikapatrové garáže. Bloudili jsme tam přes třicet minut, než mi řekl, že si nemůže vzpomenout, kde zaparkoval.

„Pak sis sundal boty."

„Vonnegut řekl: 'Jsme tím, co předstíráme, takže si musíme dávat pozor na to, co předstíráme." Odmlčel se. „Ehm, ty nejsi zrovna dámská, že ne?"

„Jste muž?" Zeptala jsem se a citovala lady Macbeth. Okamžitě jsem se kvůli tomu konkrétnímu citátu cítila špatně a okamžitě jsem změnila téma: „A co ta karta? Víš, kde se platí? Není na ní napsáno, ve kterém patře jste zaparkoval?" ,Ano,' odpověděl jsem.

„Já vím, že jsem zaparkoval na TOMTO patře," řekl a pokračoval v mačkání tlačítka na kroužku s klíči a naslouchal odpovědi jako pták, který volá svého druha. Když se auto a klíčenka konečně našly, blížila se jedenáctá hodina večerní.

„Teď ve vozidle, s žebříky, které mi stékaly po obou nohách a černých spodcích chodidel, jsem se zhluboka nadechl a snažil se uvolnit. Jídlo by mi rozhodně pomohlo s náladou a snad i jemu. Ještě nebylo pozdě, abychom začali znovu. Až do té literární srážky jsme spolu vycházeli tak dobře. Zapnul si bezpečnostní pásy, přitlačil nohu k podlaze a vyrazili jsme, kolem parkoviště a ven na ulici. Jezdili jsme docela dlouho a poslouchali country hudbu. He sang along, while I fought back the urge to say, yippie ki-yay!"

„Tak co máš rád za jídlo?" „Jaké jídlo?" zeptal se poté, co jsme si v rádiu poslechli nabídku nejnovějšího taco podniku."

„Už nemám hlad," odpověděla jsem a myslela si, že mě vzhledem k aktuálnosti návrhu chce vzít do taco podniku. Nesnášela jsem tacos. Jak by vůbec mohlo jíst taco, kde všude padá maso a další věci, zapadat do jeho dámských kritérií? Nechtěla jsem to vědět. Hlavně ze zlomyslnosti jsem řekla: „Shakespeare je král literatury a Vonnegut je v porovnání s ním pouhý šašek." A pak jsem se na něj podívala.

„Pak tatínek dupl na brzdu."

„Byli jsme jediné vozidlo na předměstí - uprostřed ničeho a to je příběh o tom, jak jsme se s tvým tatínkem poprvé setkali," řekla jsem, vstala a uložila dceru. Protáhla se, zívla a o chvíli později už tvrdě spala. Cestou ven jsem zavřela dveře a šla do našeho pokoje.

POUZE DVACET

Když teta Gin zemřela, bylo na pohřeb pozváno jen dvacet hostů mimo naši rodinnou bublinu. Tento počet byl omezen kvůli pandemii. Společenský odstup a masky byly povinné po celý den. To se týkalo obřadu v pohřebním ústavu, pohřbu a hostiny.

Protože teta Gin věděla, že se blíží konec jejího života, osobně vybrala dvacet hostů, než opustila tento šílený svět.

Podle rodinné tradice si ještě přála otevřenou rakev. Měla však nové přání. Chtěla mít na sobě také masku. Teta Gin měla vždycky zvláštní smysl pro humor.

„Jak mám, k čertu, pronést vhodnou smuteční řeč? Takovou, jakou si moje sestra zaslouží... když mám na sobě jednu z těch pitomých masek!" zeptal se Ginin mladší bratr Marvin.

Naproti Marvinovi seděl jeho druhý bratranec Frank. Než odpověděl, hluboce zamyšleně potáhl z cigarety.

„Budou mít mikrofon a ten jim bude stačit."

Oblíbená neteř tety Gin Mary, která v kuchyni připravovala čaj, vykřikla.

„Bude nastavitelný, ten mikrofon, myslím podle tvé výšky. Takže se můžeš ujistit, že máš pusu," utřela si ruce do zástěry a unavená křikem vešla do obývacího pokoje. Zastavila se uprostřed věty, teď si uvědomila, že zapomněla přinést čaj, a rychle se stáhla. Vrátila se s přetíženým tácem, který při každém kroku zarachotil.

Frank a Marvin stále zírali jejím směrem s pusou dokořán a čekali, až dokončí větu.

„Je umístěn přímo před ním," řekla, jako by mezi jejím prvním a posledním slovem neuplynul žádný čas. Teď, když to vyslovila, si uvědomila, že se jí pod tíhou tácu třesou ruce. Naklonila se a opatrně ho spustila na skleněný stůl. „Děkuji za, ehm, pomoc," dodala tónem, v němž zazníval ostrý sarkasmus, když si dřepla, aby se připravila k nalévání.

Marvin s Frankem nehnuli ani prstem. Což bylo u nich dvou normální. Žena dělala ženské věci a muž dělal mužské věci.

Naplnila hrnec a pak otevřela nový balíček čokoládových sušenek, které si schovávala pro společnost. S tetou Gin měly vždycky ve skříni krabici svých oblíbených sušenek - ale nikdy se jich nedotkly. Obě věděly, že kdyby je otevřely, spotřebovaly by je všechny - a tak se objevily, jen když přišla společnost.

Mladá žena a teta Gin byly vždycky rozpustilé a spolčené. Vzpomněla si, že teta si potrpěla na prezentaci, a rozprostřela sušenky po talíři. Přemýšlela, jestli ji teta Gin pozoruje z výšky. Povzdechla si a i teď měla pocit, že jí chybí část jejího já.

Marvin nebyl plně zaujatý. Místo toho zíral z okna a přemýšlel o tom, že musí nosit masku. Frank potahoval z nové cigarety, kterou si zapálil hned poté, co mu ta druhá dohořela.

„Co tam dole proboha děláš?" zeptal se Marvin, když si konečně všiml mistrovského díla své neteře.

„Proč, připravuju čaj a sušenky," řekla Mary, zamíchala konvici, pak zavřela pokličku a švihla s ní, aby ji popohnala.

„Tak si vezmi židli nebo něco jiného. Nedřepej tam jako…"

„Dřepět," řekl Frank a zasmál se svému vtipu, protože nikdo jiný to neudělal.

„Nevadí, už je to hotové," řekla Mary. Naplnila prázdné šálky zlatavou parní tekutinou. Pak přidala střik mléka a obvykle požadované množství cukru. Ona sama si žádný cukr nevzala. „Dáte si čokoládovou sušenku? Ty měla teta Gin nejraději." „Ahoj, tati.

„Byla by zatracená škoda zkazit ti ten tvůj vířivý design," řekl Marvin, natáhl ruku a přesně to udělal.

„Pro mě ne," řekl Frank. „Sušenky a cigarety se k sobě nehodí."

Mary podala Marvinovi šálek čaje jako první, protože byl nejstarší. Pak položila Frankův šálek na podšálek vedle jeho židle, protože jinak byl obsazený. Tedy zapalováním další cigarety. Zachmuřila se, když nedopalek té staré položil na podšálek z jemného porcelánu tety Gin.

„Děkuju," hlesly obě.

Mary znovu upevnila design sušenky a podívala se nahoru. Pak opatrně vyndala z každého konce jednu a přešla místnost ve snaze nerozlít přeplněný šálek čaje, když šla k dvoumístné pohovce. Teď, když vedle ní neseděla teta Gin, se vyhýbala tomu, aby si tam sedla. Jedna její část měla pocit, že bez Gin je rovnováha vesmíru narušená.

Než byly dny tety Gin sečteny, většinou s Mary večeřely na tácech před televizí, seděly na dvoumístné pohovce a sledovaly Coronation Street. Mary si od té doby pořad nahrávala a čekala, až Ginina duše dorazí tam, kam měla namířeno, aby se na něj mohly dívat společně jako vždycky.

To bylo ještě předtím, než se k nim nastěhovali strýc Marvin a bratranec Frank. Než pandemie způsobila, že příbuzní na dálku potřebovali bydlet někde jinde. Teď si vytvořili vlastní sociální bublinu, tj. nemuseli ve své blízkosti nosit masky. Ale za pár hodin si budou muset nasadit obávané masky na pohřební obřad - nikdo nechtěl být nakažený ani nakažený.

„Co by mě zajímalo, je, proč bude mít Gin masku. To je první věc," řekl Marvin. „Za druhé, proč pozvala ty příbuzné, které pozvala. Proč, někteří z nich s ní, ani s nikým z nás, nebyli v kontaktu přes dvacet let. Bůh ví, že se Gin snažila udržet rodinu pohromadě, a to i v dobách, kdy držet pohromadě mělo být samozřejmostí."

„Masky jsou povinné pro všechny a Gin chtěla být všestranná. A ano, teta Gin byla vždycky ta, která o všech myslela jen to nejlepší," řekla Mary.

„Dokonce i tehdy, když to nebylo opodstatněné." Frank si zapálil další cigaretu a pak dodal: "Tenhle talířek začíná být dost plný."

Mary postavila šálek čaje na stůl, popadla podšálek a vysypala ho do koše v kuchyni. Vzadu ve skříni našla oprýskaný podšálek - teta Gin nedovolovala v domě kouřit, takže neměla popelníky - a položila ho na stůl vedle Frankova šálku a podšálku. Ten přikývl.

„Chtěl by si někdo z vás dolít, když už jsem vzhůru?" zeptala se.

Marvin také natáhl svůj prázdný šálek. „A ještě jeden z těch sušenek by mi taky neuškodil."

Mary vzala dvě sušenky, z každého konce designu jednu, a položila je na podšálek spolu s čajovou lžičkou, než zalila čaj, cukr a mléko. „Děkuji," řekl Marvin a foukl do čaje, než se napil.

Frank další čaj odmítl mávnutím ruky. „Nikdo z nás se s těmi mrtvolami nekontaktoval, protože jsme je nemohli vystát. Ani Gin je nemohl - nebo jsem si to aspoň myslel."

Marvin namočil do čaje sušenku, která se rozpadla a rozbila. Čajovou lžičkou ji vytáhl a nasál rozmočenou sušenku, než se rozpustila v nic.

„Tyhle sušenky se nedoporučují namáčet," řekla Mary a usmála se.

„Teď mi to říká," řekl Marvin.

„Chceš, abych ti přinesl další šálek a podšálek?"

„Ne, zůstaň, kde jsi. Běháš kolem nás a věnuješ se nám, jako bys byl náš najatý zaměstnanec. Já to zvládnu, ale děkuji za optání."

Mary se usmála a zakousla se do sušenky. Vychutnávala si ji, jak se jí čokoláda rozpouštěla na jazyku.

Trojice seděla tiše, pohrávala si se svými šálky, sušenkami a cigaretami, dokud Mary nepřerušila ticho.

„Teta Gin měla výčitky svědomí, že ztratila kontakt s lidmi. Tížilo ji to na srdci, a přestože jí těch dvacet hostů - i když je kontaktovala - neodpovídalo na telefonáty ani dopisy, nikdy je neodepsala. Vlastně se za ně každý večer před usnutím modlila."

Její bratr byl fascinovaný a zmatený. „Gin, modlila se za prastrýce Davea, který ji prakticky zabil, když u nich jako dítě pobývala o letních prázdninách? To je pro ni obrovská věc, kterou musela odpustit. Hádám, že na stará kolena změkla."

Mary se postavila s rukama v bok: „Teta Gin byla spousta věcí, ale jedna z nich nebyla měkká. Nakopala by je do zadku, kdyby se objevili u dveří bez ohlášení, než onemocněla - víš, že nesnášela, když se lidé objevili bez pozvání -, ale chtěla napravit škody, odpustit a zapomenout." Slova se jí zadrhla v krku, stejně jako poslední sušenka, kterou právě snědla.

Frank vstal, přešel místnost a silně ji poplácal po zádech. Částečně snědená sušenka odletěla přes celou místnost a s plesknutím přistála v Marvinově šálku čaje.

„Copak nevíš, že máš nejdřív žvýkat, než něco spolkneš?" Marvin s odporem vrátil čaj na tác.

„Moc se omlouvám," řekla Mary, všechno posbírala a odnesla do kuchyně.

***

Mary opláchla šálky a dala všechno do myčky, pak šla nahoru, aby použila toalety a upravila si obličej. Plakala a nechtěla, aby to někdo věděl. Cestou ze schodů uslyšela zvýšené hlasy. Rychle se vydala dolů.

„Milovala jsem svou sestru víc než kohokoliv jiného na světě!" Marvin řekl. „Ale nevím, proč by ti mělo vadit, že mě požádala, abych pronesl smuteční řeč!"

„Ale no tak," řekla Mary.

„Prostě bych to zvládl líp," řekl Frank. „Už mě o to někdo požádal a já bych byl méně emotivní a méně soudný."

„Proč ty!" Marvin zvedl zaťaté pěsti do vzduchu a mával jimi, jako by napodoboval boxera z dávných dob.

Frank přešel místnost, také se zdviženými pěstmi. Vypadalo to jako geriatrická kavkazská verze zápasu Ali vs. Foreman.

Stáli proti sobě, z očí do očí, dokud Mary nezačala kvílet oblíbenou melodii tety Gin: „Ticho, děťátko, neříkej ani slovo, tatínek ti koupí drozda." „Ticho, děťátko, neříkej ani slovo," řekl Frank.

Marvinovi se zalily oči slzami, spustil pěsti a pak se spustil na židli.

Frank stál jako přimražený a odříkával slova zbytku písně, zatímco Mary je skřehotala. Když dozpívala, přešel přes pokoj, kde se na něj usmívala fotografie tety Gin v rámečku. I on se rozplakal.

„Tak, tak," řekla Mary. „Už je skoro čas jít a my se tu hádáme."

„Má pravdu," řekl Frank. „Kromě toho budeme potřebovat jednotnou frontu, až se objeví ti budižkničemové."

„Tedy pokud nás nenakazí - jsme uprostřed pandemie, copak to nevědí?"

„S tím budou zásobovači počítat. Zatímco budeme v pohřebním ústavu a na hřbitově, budou tady všechno připravovat tak, aby to odpovídalo směrnicím o společenském odstupu a všichni byli v bezpečí.“

„Ale ti ignoranti si stejně budou muset sundat masky, aby se mohli zakousnout do jídla a zapít ho alkoholem - a toho druhého budeme potřebovat hodně.“

„To je hanba,“ odpověděla Mary. „To všechno už zařídila a zaplatila teta Gin.“ Znechuceně a s pocitem, že jich má dost, se odebrala do svého pokoje, aby se oblékla do černého oblečení, které si vybrala. Muži už byli v černých oblecích a připraveni vyrazit.

„Předpokládám, že budou používat plastové nože, vidličky a papírové talíře,“ řekl Frank. „A po celém domě a zahradě budou mít lahvičky s dezinfekcí na ruce. Naši příbuzní budou muset vejít dovnitř, aby mohli použít zázemí, ale většina jednání se bude odehrávat venku na zahradě.“

„Škoda, že se Gin zbavil venkovního zázemí,“ řekl Marvin.

Mary zavolala shora: „Zapomněla jsem říct, že na trávu namalují značky a/nebo vyvěsí cedule, kde mají lidé stát. A co se týče zázemí, tak jsme si najali jedny takové ty přenosné záchody. Vzhledem k tomu, že jich je jen dvacet a my tři, mělo by tam být dost místa pro všechny a fronty by neměly být tak dlouhé.“

„Tohle jste opravdu promysleli!“ Marvin vykřikl. „My tři se můžeme proplížit zpátky a použít vnitřní záchody na čtvrťáku.“

Mary se objevila nahoře na schodech, připravená vyrazit. „Děkuji vám. Měla jsem spoustu času na přemýšlení a chtěla jsem, aby pro tetu Gin bylo všechno přesně tak, jak má být. Mluvily jsme s ní o všem, do posledního detailu. Chtěla mě zbavit břemene, že se to všechno snažím zvládnout sama, zatímco já truchlím nad její ztrátou.“

Marvin si pohladil chloupky na bradě. „Nebýt téhle zatracené pandemie, chtěla by víc. Požádala by o regulérní spálení stodoly - nebo o smuteční hostinu - na oslavu jejího života. To si zaslouží!“

Frank řekl: „To bude mít - a my jí dáme tu nejlepší - až tahle pandemie skončí. Pozveme ostatní příbuzné - ty, které máme rádi - a možná i pár místních celebrit. Všichni měli Gin rádi. Vyšleme ji tak, jak si zaslouží! Ale zatím se musíme postarat o to, abychom z téhle situace vytěžili co nejvíc.“

Mary přešla po místnosti, uvažovala, že si sedne - ale šaty by se jí pomačkaly, a tak se vrátila do kuchyně, aby složila papírové ubrousky. Nabídla se, že jich udělá co nejvíc, než dorazí zásobovači, protože věděla, že se bude muset něčím zabavit. Přemýšlela o všem, co teta Gin požadovala, aby se v ten den stalo. Chtěla, aby jí Marvin pronesl přípitek poté, co se všichni zúčastní nějakého jídla. Dokonce si napsala, jaké pokrmy chce, aby se podávaly, a vybrala dodavatele, který je připraví. Ano, teta Gin myslela na všechno. Zvýšené hlasy v obývacím pokoji ji tam přilákaly zpět.

„Gin říkala, že lví podíl na podnikání dostanu já, proto mě udělala vykonavatelem své závěti,“ řekl Marvin.

„Řekla, že si můžu nechat dům,“ řekla Mary. „Je to i můj domov - žila jsem tu s tetou Gin většinu svého života.“ Marvin se usmál.

„To nikdo nezpochybňuje,“ řekl Frank. „Vzdala ses všeho, abys tu mohla být a pomáhat Gin, když nikdo jiný toho nebyl schopen. Proč, mohl ses oženit, mít několik dětí... ale dal jsi přednost rodině před sebou samým. To je to nejmenší, co pro tebe mohla udělat, že ti nechala dům.“

Marvin přikývl. Pro jednou se ti dva na něčem shodli.

„Řekl jsem Gin, že od ní nic nechci ani nepotřebuju,“ řekl Frank.

„Tak doufejme, že tě ignorovala.“ Marvin se zasmál a viděl, že ti dva jsou konečně v dobré náladě,

Mary se vrátila do kuchyně, aby dokončila skládání, než budou muset odjet do pohřebního ústavu.

Přestože byly ubrousky z papíru, byly jemné a měkké. Nebesky modré s růžovou linkou v levém rohu si vybrala i teta Gin. Když Mary pokračovala ve skládání, stalo se to automatickým, takže se dívala na zahradu a nechala prsty dělat svou práci.

Její oči zabloudily k nově zasazeným květinám pod obrovským dubem. Dětský dech a růže už končily, ale jejich barvy byly stále zářivé a pohybovaly se kolem jako staří přátelé, kteří tančí, když kolem profoukne vítr.

Když skládala poslední ubrousek, pravou rukou se otřela o břicho. Dělala to občas, i když už léta nečekala dítě. Ta touha nikdy nezmizela. Teta Gin to nikdy nikomu neřekla. Ani Mary to neřekla - dokonce ani otci.

A tam, pohřbená pod těmi květinami, ve stínu mohutného dubu, bylo místo věčného odpočinku jejího dítěte. Její holčička nepřežila na tomto světě víc než pár minut.

Brzy přijdou příbuzní a všichni se sejdou v domě, který teď patřil jí - a budou oslavovat život tety Gin.

Pak by si Mary stejně jako ostatní nasadila masku a sama by se izolovala právě na to místo pod stromem, kde by se nikdy necítila sama. Na místo, kde věděla, že teta Gin bude stát po jejím boku a v náručí bude držet Maryinu holčičku.

Trojice, teta Gin, Mary a dítě, by byla tichými svědky, zatímco zbytek rodiny by se navzájem trhal.

PANDEMIC BOY
(PANDEMICKÝ CHLAPEC)

Hele, už je zase tady - to je Pandemic Boy," křičel vysoký a vytáhlý desetiletý blonďák.

Jeho kamarád nebyl tak vysoký, ani vytáhlý, ani blonďatý - byl to zrzavý kluk, který se smál, než do toho vložil své dva centy. „Kde máš pláštěnku, kluku? Copak nevíš, že VŠICHNI superhrdinové mají pláštěnky?"

Kluk, kterému přezdívali Pandemic Boy, byl mladší než ti dva, ale za maskou byl neohrožený.

„Spiderman ne," odpověděl s úsměvem.

Ačkoli byl mladší a menší, co se týče velikosti a postavy, ne na centimetry, ale na nohy, s rukama v bok - vypadal spíš jako Superman - se zeptal: „A kde jsou VAŠE masky?"

Nebyla to první konfrontace takzvaného Pandemického chlapce v době pandemie. V minulosti používal supermanský postoj se zkříženými pažemi, aby získal kontrolu nad situací. Zdálo se, že na děti i dospělé to funguje dobře. Pomáhalo mu také vědomí, že má na své straně zákon.

„Nejsme pronásledovatelé," řekl blonďák, levou rukou si zastínil oči před sluncem a pak se otočil k dítěti zády, takže teď stáli s kamarádem tváří v tvář. „Sundáme mu masku," vypravil ze sebe.

Zrzavý chlapec to zvážil a zatlačil špičkou tenisky do země v domnění, že už mají převahu dva ku jedné nad Pandemic Boyem. Navíc to byl malý kluk - i když měl velkou pusu a tak trochu si o to říkal. Ale nebyl žádný rváč a ani jím nechtěl být. Soustředil se, udělal před sebou v hlíně kruh a pak se plácl do kapsy džínů. „Moje je tady."

„Dokaž to," dožadoval se Pandemic Boy.

Blonďák se podíval přes rameno na menšího chlapce a rychle se otočil. Se zaťatými pěstmi postupoval k mladšímu chlapci. Poklepal prstem na obličej maskovaného kluka a řekl: „Kdo si myslíš, že jsi?" Každé slovo si zasloužilo vlastní poklepání na maskovanou bradu Pandemického chlapce a vzhledem k výškovému a hmotnostnímu rozdílu musel mladší chlapec pevně postavit nohy na místo.

„Nasadím si masku," řekl zrzavý chlapec.

Takzvaný Pandemický chlapec nepromluvil, ale souhlasně přikývl, zatímco jeho kamarád, blonďatý chlapec, mu koukal přes rameno a vrhal na něj zlé pohledy.

Všichni tři se drželi při zemi.

***

Někdy se čas zastaví. Jako by všichni ptáci zapomněli létat a všechny hodiny zapomněly tikat. Tenhle den k nim nepatřil, a jak čas postupoval, další děti vycházely odkudkoli, aby se podívaly, co se děje. Shromáždily se kolem, povídaly si, šeptaly si a snažily se dát dohromady, co se muselo stát, že se tři chlapci na tak dlouho zastavili.

„Díval jsem se z okna svého pokoje," řekl jeden chlapec, "a viděl jsem, jak malého kluka v masce ohrožuje blonďatý kluk, který byl mnohem vyšší a starší. Pak jsem viděl, že jsou dva, a musel jsem vyjít ven, zvlášť když se ten velký kluk pohnul a šťouchl toho malého kluka do hrudi," řekl a dotkl se vlastní masky jako dospělý vousů.

„Běžela jsem tam," řekla malá holčička, "a viděla jsem to celé. Ten kluk s maskou si o to říkal - blížil se k těm dvěma větším, starším klukům. Divím se, že ho ti dva nezmlátili." Pak oslovila takzvaného panděrového chlapce: „Hele, kluku, proč si nezaběhneš, dokud můžeš? Než z tebe ti dva starší kluci vymlátí duši?" ‚Ne,' odpověděla.

Trojice uprostřed davu zůstala nehybně stát jako sochy. Poslouchali komentáře ostatních dětí, které se formovaly do davu, a oni ne. V této fázi si nikdo nebyl jistý.

Čas plynul dál a děti v maskách se postavily na stranu takzvaného Pandemického chlapce a děti, které masky neměly, se postavily na stranu těch dvou ostatních. Dav dětí se posunul, rozdělil se na dvě části, takže vytvořil dvě odlišné strany. Všichni byli připraveni jednat - tedy pokud a kdyby vypukla rvačka.

Uplynuly hodiny a nikdo se nepohnul. Ani když matky a otcové začali volat své děti domů k večeři. Ani když rodiče, prarodiče a sourozenci začali volat děti do postele. Ani když slunce vystřídal měsíc a hvězdy.

***

Nakonec Pandemic Boy řekl: „Už jdu domů." A většímu blonďákovi, tomu, který byl stále ještě nahoře, řekl: „Až tě příště uvidím, nezapomeň si vzít masku, ano? Tohle je pandemie, člověče, a..."

„Dobře, dobře," řekl větší kluk a ustoupil. „A až tě příště uvidím, ujisti se, že máš na sobě kápi." Ušklíbl se.

„Máš nějakou oblíbenou barvu?" zeptal se mladší chlapec s úsměvem.

Jeho kamarád, zrzavý chlapec, který měl nyní na sobě masku, řekl: „Záleží na tom, jestli jsi fanoušek Batmana, Robina nebo Supermana. Já? Já bych si vzal černou."

„To samé," řekl mladší kluk.

Všichni šli domů.

NÁVŠTĚVNÍCI

Počkejte chvilku," řekla, než otevřela dveře.

" Byla uvnitř už téměř třicet dní - v karanténě. Vyjít ven, už jen to, že teď vyšla ven, jí připadalo riskantní, i když byla v karanténě jen proto, aby ochránila ty, které milovala - a další, které ani neznala. Upravila si masku, zhluboka se nadechla a otevřela dveře.

Čekal tam na ni uvítací výbor a ona se cítila podobně, jako se musela cítit královna Alžběta, když vyšla na balkon Buckinghamského paláce. I když její malý, ale pohodlný domov se dvěma ložnicemi neměl lesk a slávu paláce. Na vteřinu nebo dvě přemýšlela, že jim královsky zamává, ale nakonec si to rozmyslela, když začali tleskat.

V rozpacích, přestože jí většinu obličeje zakrývala maska, vzhlédla k místu, kde bylo slunce vysoko na obloze, a pocítila teplo jeho paprsků. Byl to příjemný pocit, dýchat nový, čerstvý vzduch

- i když jí maska bránila zhluboka se nadechnout. V hlavě jí začala hrát píseň od Johna Denvera. Nonšalantně si pobrukovala.

Potlesk skončil, aniž by si to uvědomila. a ona tu stála jako prase v žitě, zatímco všichni a všechny čekaly, až něco řekne nebo udělá. Spousta uslzených očí, všechny na ni hleděly přes vlastní masky. Žádné dvě masky nebyly stejné. Prohlížela si hosty a zaměřila se na oči, jejichž majitelé jí připadali povědomí. V duchu si zahrála hru Kdo je kdo pod jakou maskou.

O jedné osobě v davu nebylo vzhledem k její velikosti a postavě pochyb, kdo je. Byla to její vnučka Emily. Ty zelené oči, stejné jako její vlastní, vynikaly, když se na ni dívaly přes fialovou masku. Emilyina oblíbená barva se často měnila, ale potěšilo ji, že se za posledních třicet dní nezměnila. Vyrostla však do výšky. Emily zamávala a řekla: „Ahoj, babičko." „Ahoj, babičko." Emily se usmála.

„Ahoj, moje milá Emily," řekla žena a usmála se rty pod maskou a přes ni očima.

Žena zaváhala, pak přejela diváky zleva doprava a kývla hlavou, když každého z nich kvitovala.

Nejdřív tu byl Brandon. Byl velký hokejový fanoušek a na masce měl javorový list Toronta. „Do toho, Maple Leaf's!" řekl. Zvedla mu palec nahoru. Alespoň někdo ještě doufal, že znovu vyhrají Stanley Cup.

Vedle Brandona seděla matka jeho ženy Emily. Na její masce byl nápis I heart Jamie Oliver. Usmála se tomu a přemýšlela, jestli jí její zájem o Olivera pomůže jednou uvařit pořádný rostbíf. Přistihla se při téhle sukovité myšlence a zahanbeně se pohnula.

Další byl pan Bob Moody. Byl to soused, starý nevrlý páprda, u něhož netušila, proč cítil potřebu připojit se v masce stavebního dělníka. Zamával na ni s důvěrností, která jí připadala zvláštní, nicméně ona mu ze slušnosti zamávala zpátky.

Nudila se teď zjišťováním, kdo je kdo, a ostatní se jí proměnili v rozmazanou šmouhu, když čekala, až někdo něco udělá nebo jí dá najevo, co od ní očekává. Měla by pronést řeč? Ne, to by bylo hloupé. Byla to jen třicetidenní karanténa. Nemohla je obejmout. Nebo se k nim přiblížit víc, než už byla.

Měla děsivý pocit, že po ní někdo chce, aby pronesla projev, a přemýšlela, jak by ho měla pronést, takový, který by byl přes tlustou bavlněnou masku slyšet a srozumitelný. Pak si vzpomněla na politiky v televizi, třeba na premiéra. Když měl mluvit, vždycky si sundal masku, řekl své a pak si ji zase nasadil. Když to stačilo premiérovi, stačilo to i jí. Sundala si pravé ucho ze smyčky a pak přešla na druhou stranu.

Hosté zalapali po dechu a pak se vzdálili. Všichni kromě její malé vnučky.

„Babička tě má ráda," řekla žena a vyfoukla pusu směrem k malé Emily.

„Já vás mám taky ráda," odpověděla Emily, když ji rodiče, kteří teď stáli po jejím boku, odsunuli zpátky.

Spokojená, že teď cítila slunce, že byla venku, že viděla ty, které milovala, a že si promluvila s malou Emily, se uklonila, ustoupila a zavřela za sebou dveře.

Telefon začal okamžitě zvonit a zvonit. Nezvedla ho.

DOMOV

Místnost byla holá, až na prázdné vestavěné police na knihy, které lemovaly krb.

Prázdné police na knihy ve mně vždycky vyvolávaly melancholickou náladu. Jako by si předchozí majitelé odnesli všechny své přátele a vzpomínky s sebou, ale zapomněli na stavby, které je v domě uchovávaly a vystavovaly. Proto když jsem z jakéhokoli důvodu opouštěla dům, vždycky jsem tam nechala jednu ze svých knih (koupila jsem si dvě oblíbené knihy), abych doufala, že ať už je novým majitelem kdokoli, bude se mu líbit stejně jako mně. Bylo to pro mě jako představit jim nového přítele. Jestli to zní přehnaně sentimentálně, nevadí mi to, protože můj drahý manžel to o mně vždycky říkal.

Když jsem přecházela místnost a upravovala si masku, všimla jsem si něčeho zastrčeného u zdi, tenkého jako oplatka. Byl to malý koberec.

„K čemu to tam proboha je?" zeptala jsem se. Zeptala jsem se. I když byl odřený a malý, hodil by se spíš před krb. Tam by ta ubohá věc měla alespoň nějaký účel. To dělám často, dávám neživým předmětům pocity. V literárním světě se tomu říká personifikace. Používám tenhle prostředek tak často, že mu můj manžel říká Maggie-fikace.

August je jméno mého manžela. A ano, narodil se v měsíci srpnu, tedy ve znamení Lva, zatímco já jsem Kozoroh.

Když přišel vedle mě, zachvěla jsem se. Vždycky jsem cítila chlad.

Promluvil skrze svou masku: „Fíha, tady je horko, lásko. Proč se tak třeseš?" Rozepnul si tlustý vlněný svetr, dárek od našeho syna Andrewa, a svlékl si ho. Položil mi ho na ramena a pak se přesunul přes místnost.

Zachumlala jsem se do něj a pronesla: „Děkuji," když jsem ho následovala.

Agentka, která byla starou rodinnou přítelkyní, měla na sobě masku odrážející realitní firmu, pro kterou pracovala. Slyšitelně se pohybovala po domě ve vedlejší místnosti, zatímco my jsme si dům prohlédli sami.

Brzy nato vstoupila do místnosti ze dveří, které byly nejblíže předmětu, který jsem zahlédl na podlaze. Setkali jsme se před ním, jako by zaslechla mou otázku.

Judy Marshová, tak se jmenovala naše agentka, a to už přes pětadvacet let, vypadala, že ztrácí řeč, což jí bylo velmi nepodobné. Jí i všem ostatním realitním makléřům na světě.

„Není ten krb nádherný!" zvolala.

Otočila jsem se tělem k teplu, zatímco August, který mi často vyčítal, že čtu mimo jiné příliš mnoho románů Agathy Christie, se teď znuděně a s chutí pustil do práce, se posunul blíž ke dveřím.

Judy řekla: „Slyšela jsem otázku, kterou jsi položil před chvílí. Úplné odhalení," dotkla se nosu. „Tenhle dům má tak trochu historii."

August se k nám nyní se zájmem připojil.

„Jakou historii?" Zeptal jsem se.

Judy pokračovala: „Nemá smysl vyprávět pohádky, když se ti tu nelíbí. V tom případě se můžeme přesunout k dalšímu domu. Mám jich ještě pár nachystaných. Takže, jaký je zatím verdikt na tenhle?"

August řekl: „Ještě jsme to tu neviděli celé, je příliš brzy na to, abychom to mohli říct, a..."

Dokončila jsem jeho větu, jak to lidé, kteří jsou dlouho ženatí, obvykle dělají: „A je od vás nezdvořilé, že nás necháte, abychom se do toho místa zamilovali - neříkám, že je to tenhle případ - a pak spustíte bum."

„Vskutku snížit boom," dodal August.

„Vyklop to!" Dožadovala jsem se, když August vzal mou ruku do své.

„Pojďme do kuchyně," řekla Judy. „Zapnu konvici a udělám nám dobrý čaj. Pro takovou příležitost jsem zásobila kredenc několika věcmi, jako je Earl Grey Tea a sušenky. Pak se všechno ukáže."

August, když slyšel, že se nabízí šálek čaje a sušenky, následoval Judy do kuchyně a já jsem, jak se říká, přišla na řadu. Procházeli jsme chodbou, která měla vysoké stropy, ale byla poněkud ponurá, protože v ní nebylo střešní okno - kdybychom to tu koupili, střešní okno by tuto chodbu zútulnilo.

„Střešní okno by bylo zlepšení," navrhl August, když s Judy vešli do vedlejší místnosti párem křídlových dveří, jaké by člověk čekal ve starém westernu s Marlonem Brandem. „Tyhle budou muset pryč," řekl August, když se dveře rozletěly a narazily do jeho zad dřív, než jsem je stihla zastavit. Stál tam s rukama v bok a s otevřenými ústy, ze kterých nevycházela žádná slova.

Když jsem se protlačila do místnosti, pochopila jsem, proč August ztratil řeč, protože, panečku, to byl ale nádherný výhled! Kuchyně a jídelna spolu sousedily v obrovském otevřeném obdélníkovém prostoru, jehož prosklená okna a dveře se táhly od jednoho konce k druhému a shlížely na jednu z nejúžasnějších zahrad, jaké jsem kdy viděla. Tolik jsem si přála, aby bylo jaro, aby všechno kvetlo, ale i podzim tu byl nádherný, stromy se třpytily v podzimních barvách.

„Tohle by Dash zbožňoval," řekl August. Dash byl náš malý jezevčík.

„Určitě by to zvládl," řekla jsem, zatímco Judy, která teď stála za námi, si hrála na maminku a nalévala horkou vodu do konvice.

Ani já, ani August jsme nemohli odtrhnout oči od nádherné přírody, která čekala jen pár kroků od nás. „Můžu otevřít dveře?" Zeptala jsem se.

Judy přikývla a August se toho ujal. Zvuky zvenčí okamžitě proudily do kuchyně jako hudba. Ozývaly se cikády, modré sojky, vrabci, kardinálové, stromová ropucha... byla to blažená hudba -

až do chvíle, kdy se o pár okamžiků později rozječela sousedova sekačka.

„Čaj je připraven,“ zavolala Judy.

„Perfektní načasování,“ řekl August, zavřel posuvné dveře a cvakl zámkem. „Ahoj, tmáři, můj starý příteli,“ zabručel August. Byla to jedna z jeho oblíbených melodií, kterou zpíval - klasika z repertoáru Simona a Garfunkela.

„Tady není tma,“ řekla jsem, zatímco Judy nalévala a podávala čaj. Abych byla upřímná, nebyla jsem příznivcem nóbl čajů jako Earl Grey. Dejte mi šálek Typhoo kdykoli. Přidala jsem dvě plné lžičky cukru - dvojnásobek normy u starého dobrého Typhoo - a August udělal totéž. Zatímco jsme popíjeli a odmítali Judyinu volbu sušenky - zázvorový oříšek -, čekali jsme, až nám začne vyprávět příběh, na který narážela.

***

„Tak zaprvé,“ začala Judy, ‚v tomhle domě už desítky let nikdo nebydlel.‘ ‚To je pravda,‘ řekl jsem.

„Desítky let,“ zopakovala jsem, „jak je to možné?“

August vyprázdnil zbytky svého čaje. Judy okamžitě učinila návrh, aby mu šálek dolila, čemuž se hrubě vyhnul tím, že ho přikryl rukou.

Judy se usmála. „Ne každému asi chutná můj oblíbený nápoj.“ Dolila si šálek a pak pokračovala. „Tohle místo bylo v průběhu let na prodej. Najali jsme si specialisty na inscenace z celého státu v naději, že jejich příspěvek pomůže k prodeji. Zatím se to nepodařilo.“

„To nedává smysl,“ řekl August. „Určitě by se tu ozývalo méně zvuků, kdyby byl byt zařízený.“ Zvedl prázdný šálek a povzdechl si.

„Dáte si raději láhev vody?“ Judy se zeptala a aniž by čekala na odpověď, šla k lednici, vytáhla tři lahve a postavila je před nás. Tušil jsem, že tohle bude dlouhý příběh.

Do uší nás současně udeřil podivný zvuk, který vycházel ze zahrady. August odsunul židli a prohlédl si zahradu, která teď byla osvětlená jen částečně, protože slunce zapadalo. „Vidíš něco?“ Zeptala jsem se.

August měl orlí zrak, i když byl starší než já. „Pššt,“ řekl. Čekali jsme a pozorně poslouchali, ale zvuk se už neozval. August se vrátil na své místo a s pokrčením ramen se na něj posadil.

Judy řekla: „Nejlepší bude, když si své připomínky a otázky necháte pro sebe až do konce. Chci to dokončit dřív, tedy co nejrychleji.“

August řekl: „Jsme staří a stárneme každou minutou. Určitě zapomeneme na všechny otázky, které bychom mohli mít, kdyby to vaše vyprávění trvalo déle.“

Pohladil jsem Augusta po ruce. „Jestli máš nějaké otázky, tak je napiš do telefonu.“ Už delší dobu jsem se ho snažila přimět, aby v telefonu používal funkci Poznámky. Já sama jsem ji používala na spoustu věcí včetně seznamu potravin. Navrhla jsem mu, aby ji používal ke stejnému účelu. Přesto přišel domů bez toho, co jsme potřebovali, a vrátil se znovu - tentokrát s papírem v ruce.

„Maggie,“ řekl, “víš, že nejsem rád závislý na technologiích.“

„Být závislý na stromech,“ ozvala se Judy, “to taky nevěstí nic dobrého do budoucna.“

„Baterie v papíru se nevybije!" vykřikl.

„Ale tužce dochází inkoust," řekla jsem s úsměvem, pak jsem ho znovu poplácala po ruce a podala mu tužku a papír - obojí jsem měla pro takové příležitosti vždycky v kabelce.

***

„Začnu od začátku," řekla Judy.

August pod stolem šoupal nohama a já poznala, že je čím dál netrpělivější a myslí si: „Tak už se do toho dej, ženská!" Protože přesně to jsem si myslela i já.

Nakonec Judy přešla k věci. „Když bylo tohle místo poprvé osídleno, zemřeli tu tři lidé."

Čekala, až zareagujeme, ale ani jeden z nás nereagoval. Už jsme pochopili, že se stalo něco strašného - a vydedukovali jsme, že muselo jít o úmrtí, vraždy a/nebo chaos. Dokonce i mé artritické kosti cítily, že se tu stalo něco strašného. Objal jsem se kolem ramen a znovu mě zamrazilo. August udělal totéž, ale bylo mu tepleji než mně, protože si předtím vzal zpátky svou kartičku.

„Původně tu byl v osmnáctém století postaven kostel. Poté, co byl zničen a tři lidé zemřeli - zůstaly po něm jen regály s knihami a krb -, se všechna náboženství zapřísáhla, že zde už nikdy nebudou obnovovat dům Boží. A tak se stavěly chalupy, domy, statný dům, bungalovy a nakonec i design dvoupatrového kalifornského děleného bungalovu, ve kterém teď stojíme, aby vyhovoval potřebám a požadavkům majitelů pro vyměřený čas, ve kterém žili. A tak se toto místo stalo pro mnoho farníků, návštěvníků kostela a rodin místem jejich bohoslužeb a/nebo domovem.

Začněme od původního kostela. V polovině 18. století na tomto místě vznikla komunita, která byla jednou z prvních založených v Ontariu poté, co si mnoho přistěhovalců vybralo toto místo, aby se zde usadili a vybudovali svou novou budoucnost.

Dvěma takovými lidmi byli lady a lord Charlestonovi, kteří se rychle stali vůdčími osobnostmi komunity a kteří nabídli finanční prostředky na stavbu prvního kostela, aniž by se jim dostalo jakéhokoli uznání, kromě malé knihovny na faře, v níž si komunita mohla číst a půjčovat knihy na témata související s náboženstvím. Aby se při studiu nebo čtení cítili pohodlně, uprostřed dvou takových regálů s knihami by postaven krb.

Vzhledem k významu požadavku se hodně zkoumalo, jaké dřevo, by bylo časem nejtrvanlivější. Jeden přistěhovalec z Itálie se pochvalně vyjádřil o středomořském cypřiši a uvedl, že byl svědkem toho, jak v římském kostele byl z tohoto dřeva vyroben oltář, který přežil požár, jenž zničil zbytek budovy. Bylo rozhodnuto poslat pro několik stromů, které by mohli pěstovat na místě, a také objednat dostatečnou zásobu, která by byla dopravena lodí do Kanady. Postupem času tentýž muž vyprávěl o nadpřirozené moci, kterou tento strom z jeho staré vlasti měl. Kvůli jeho silné vůni rodiny vysazovaly stromy v blízkosti svých blízkých na hřbitovech po celé zemi, aby od nich odháněly démony a zajistily, že se duše jejich milovaných dostanou na druhou stranu."

Několika dalším farníkům se toto rouhání nelíbilo a navrhli, aby pro tento podnik používali pouze kanadské stromy. Lord a lady Charlestonovi tento návrh zamítli a obec čekala na dodávku dřeva na faru a mezitím postavila kostel a pokračovala ve stavbě školy a dalších budov. Do komunity se hrnuli nově příchozí, kteří se rozhodli usadit se v místě, které poskytovalo služby umožňující všem rychlejší zabydlení.

Dřevo dorazilo a fara byla postavena, ale ne bez obtíží. Nejprve byl muž, který snášel klády z lodi, rozdrcen, když se několik klád uvolnilo a zřítilo se na něj. Poté byla přijata další opatření, ale ti, kdo varovali před rouháním, si mezi sebou vědoucně šeptali.

Po letech, kdy kolonie neměla jméno, bylo navrženo, aby se jmenovala Nový Charleston, a tak se také jmenovala a po mnoho generací sloužila všem a počet obyvatel rostl mílovými kroky. Lord a lady Charlestonovi zemřeli, ale jejich portréty byly namalovány a umístěny nad krbem v knihovně fary mezi dvěma knihovnami. Navzdory silnému odporu veřejnosti byla knihovna nazvána Archiv lady Charlestonové, protože rodina věnovala svou sbírku knih, aby zaplnila police."

Odšroubovala jsem víčko na láhvi s vodou a napila se, zatímco August se podíval na hodinky. Slunce už zapadalo a většina zadní zahrady byla ve tmě, až na jediný reflektor, který zajišťoval měsíc.

„Je to v tomto kostele, kde došlo k úmrtí."

Přistoupili jsme s Augustem blíž a doufali, že se brzy dostane k věci. V žaludku mi kručelo. Bylo totiž dávno po večeři a začínalo konverzovat s Augustovým v duetu hladových záchvatů.

„Perník?" Zeptala se Judy a zamávala jimi před námi. Zdvořile jsme odmítly. „Proč si neobjednám pizzu? Zatímco ji budou péct a rozvážet, můžu pokračovat ve svém vyprávění." ‚A co?' zeptala jsem se.

„Žádný ananas," řekl August. Pizza s ananasem byla jeho opravdovým oblíbencem. „Ananas je určený na obrácený dort, ne na pizza koláč." "To je pravda.

„Nemůžu než souhlasit," řekla Judy a zmáčkla na telefonu rychlou volbu.

„Žádné ančovičky," řekla jsem a snažila se přesvědčit své kručící břicho, aby se uklidnilo.

***

„V roce 1847 přišla do obce uprostřed noci cizí žena, která hledala svého manžela a malého syna. Klepala na dveře, čímž způsobila značný rozruch, protože bylo po půlnoci. Členové komunity vyšli ze svých domů, přetahovali se o pomoc a vytvořili pátrací skupinu, která se řídila lampami. Byla to taková komunita, která se spojila, aby pomohla druhým, dokonce i cizím lidem. Nikdo nezpochybňoval její motivy, příběh ani příčetnost.

Byl říjen, takže bylo chladno, ale ještě předtím napadl první sníh. Plahočili se a hledali, dokud nevyšlo slunce, pak se přeskupili, aby se najedli, napili a zjistili víc od ženy, která byla příliš vyčerpaná na to, aby s nimi škálovala. Když dorazila, okamžitě ji ubytovali a uložili do postele po šálku silného čaje s příměsí whisky, aby spala celou noc.

Po další diskusi a potvrzení, že nikdo neviděl hlavu ani vlasy manžela ani dítěte, se společně najedli jídla, které poskytl ženský spolek v kostele, a diskutovali, co dál. Nebylo to jako dnes, kdy si můžete snadno vytisknout plakáty a všude je vylepit, ani sociální sítě nepřipadaly v úvahu. Místo toho byl najat výtvarník, který rodinu nakreslil na základě matčina popisu. Žena se jmenovala

Reba, její dítě se jmenovalo Jacob a její manžel se jmenoval také Jacob.

Jednoho večera, poměrně pozdě, spatřil místní obyvatel ženu Rebu, jak vstupuje do kostela a drží za ruku dítě. Přemýšlel, kde je její manžel, ale dál o tom nepřemýšlel a šel si lehnout.

Reba vzala do kostela svého syna, aby zapálila svíčku na budíku a poděkovala Ježíši za to, že jí přivedl manžela a syna zpět. Dveře kostela nebyly zajištěné, protože se k nim měl brzy připojit Jacob starší. Poryv větru, který byl tak prudký, že sfoukl plamen a zapálil jí rukáv, a protože v tu chvíli držela syna, vzplál i jeho oděv. Jacob starší vstoupil a rozběhl se k nim, přičemž nechal dveře úplně otevřené. Následoval ho další rozzuřený vítr, když uzavíral mezeru mezi sebou a svými blízkými. Kostel, který byl postaven z místních stromů, vzplál i s nimi v mžiku.

Ve společenském sále, kde církevní ženy podávaly dobrovolníkům jídlo, nejdřív ucítili, že něco hoří, a vyběhli na ulici. Většina dobrovolníků byli také hasiči, ale jejich zdroje byly v té době omezené. Dělali, co mohli, aby kostel zachránili, ale bylo na to už pozdě. Fara ještě nebyla zachvácena, takže se jim podařilo dostat ven kněze a zachránit, jak už jsem řekl, regály s knihami a krb. Tříčlenná rodina zahynula... shořela na popel. Popel na popel, jak se říká.“

Judy se zhluboka nadechla, napila se vody a pak se ozval zvonek. Vyprávění příběhu ji hodně vyčerpalo, a tak se August nabídl, že pizzy vyzvedne, ale Judy s tím, že to musí zaplatit - mohla si to zapsat jako výdaje spojené s prací -, nakonec šla ke dveřím. Vrátila se s horkým a nádherně vonícím pizzovým koláčem a my jsme se do něj bez řečí na chvíli zakousli, aniž bychom si při chutné hostině říkali něco jiného než óóó a ááá.

Teď už spokojená a s plnými břichy pokračovala Judy ve vyprávění.

„Od té doby prý v tomto domě straší duchové té rodiny. Cokoli lidé uvidí, vyděsí je natolik, že s křikem utíkají pryč. A v průběhu let se na tomto pozemku v průběhu staletí přestavovaly domy, ale nikdy tu nikdo dlouho nežil.“

Bylo už nesmírně pozdě; Judyino vyprávění trvalo poměrně dlouho.

„Mohla bys to prosím přetočit dopředu a přenést nás do současnosti?“ August se zeptal, opět drsněji, než jsme on nebo já čekali. Bylo už po večerce a to, že začal být podrážděný, nebyla úplně jeho vina.

Judy se omluvila. „Tenhle dům byl postaven před pětadvaceti lety. Koupili ho, prodali, pronajali, zrenovovali - na co si vzpomenete a víckrát, než mám prstů na rukou a nohou, bych spočítala - nikdo tu nechce bydlet.“ Rozhlédla se kolem. „Ano, je na něm dobře vidět, ale něco na něm prostě je. Něco, kvůli čemu lidé utíkají. Zvlášť v tuhle noční dobu. Chtěla jsem vědět, jestli se to stalo i tobě.“

„Takže my jsme ti vaši přátelští guinejci,“ řekl August a prudce odsunul židli. „Pokračujme v prohlídce. Co je nahoře?“

Ani jsem se nepohnul.

„Nemáš ponětí, teda absolutně nemáš ponětí, proč se lidé chovají tak extrémně? Nedává mi to skoro žádný smysl. Určitě bys viděl všechno, co viděli oni.“

„Já to nikdy nevidím," řekla Judy.

„No, to je bizarní," řekl August.

Judy se usmála. „Já vím. A právě proto, dovol mi říct tohle, že duchovní lidé jako senzibilové, mystici, věštci, čarodějnice, čarodějové - řekni si, kdo chceš, a byli tu - ano, dokonce vymítali tohle místo od sloupu ke sloupu, a přesto se pořád děje to, co všechny posílá do háje, včetně všech výše zmíněných. Každý z nich s křikem utekl za kopce - a už se nikdy nevrátil."

„Blbosti a nesmysly," řekl August.

Ale čím víc o tom mluvila, tím víc jsem se bála a tím víc jsem tomu byla ochotná věřit, protože s přibývajícím časem jsem byla čím dál chladnější. Vlastně jsem se třásla, jako by mi někdo chodil po hrobě - i když jsem samozřejmě nebyla mrtvá. Přesto. Jen při tom pomyšlení se mi zježily chlupy na rukou.

Judy se postavila. „Teď už víš, co vím já. Cena už je nízká, ale pořád se o ní dá jednat. Majitel chce, aby se to prodalo a zmizelo mu to z rukou - včera. Proč se nepodíváš nahoru, abys poznala horní patro?" ‚Ano,‘ řekla jsem.

August řekl: „Mohli bychom to koupit s láskou, zbourat to a přestavět něco podle našich potřeb, třeba bungalov. Pořád bychom byli napřed a měli bychom dost prostředků na to, abychom se uživili do konce života."

S roztřesenými koleny jsem se také postavil a pevně se držel stolu. Znělo to dobře, vlastně až příliš dobře na to, aby to byla pravda.

Judy řekla: „Je to dědictví určené. Knihovny a krb musí zůstat nedotčené. O tom se nedá vyjednávat. Ve skutečnosti nemohu vaši nabídku přijmout, pokud to nebudete ochotni uvést písemně."

Vyšli jsme s Augustem z kuchyně jako v transu a skončili jsme na koberci, který teď stál před krbem. Řvoucí oheň, který plival a osvětloval místnost, mě přiměl přemýšlet, proč je mi ještě větší zima.

„...elektřina," řekla Judy.

V myšlenkách jsem se vydala do země knih a uniklo mi, co říká.

„...vypnula ji. A vodu taky."

Přejela jsem rukou po prostřední polici s knihami, teď už jsem měla jasno, když August vyšel z místnosti. Otočil jsem se a následoval ho, stejně jako Judy. Zastavil se dole u schodiště, podíval se, kde jsme, a pak začal stoupat. Chytila jsem se zábradlí a šla nahoru také. Asi v polovině cesty se mi zábradlí rozvibrovalo, stejně jako kolena. Zdálo se mi, že se mi nohy boří do dřevěných schodů, takže jsem se cítila nejistá. August už byl nahoře. Všimla jsem si, že si na cestu svítí aplikací baterky na telefonu. Byla jsem pyšná, že konečně našel využití pro jednu z aplikací, které jsem mu doporučila vyzkoušet.

Když jsem se k němu na vrcholu připojila, podívali jsme se dolů na Judy, která čekala s telefonem namířeným před sebe - také používala aplikaci svítilny. „Za chvíli musím zamknout," řekla.

„Jen se pořádně projdeme kolem," řekla jsem, když se ode mě August vzdálil směrem ke dveřím na druhém konci chodby. Jak jsem kráčela, tlustý koberec pod nohama mi připadal mazlavý, takže spěchat bylo obtížné. August otevřel dveře a ukázal koupelnu vyvedenou v broskvové barvě s umyvadlem, vanou, záchodem a sprchou. Koupelnu zdobily doplňky - jeden z těch kobercových koberečků poházených kolem jejího základu. Ten styl nebyl podle našeho gusta a já to řekl, když jsme zavřeli dveře a přešli do ložnice, malé, vyzdobené modře s auty jezdícími po stěnách a hvězdami, které se rozsvítily, když jsme na ně na stropě namířili baterku.

„Tyhle hvězdičky se mi líbí," řekl August a projevilo se v něm dítě. Překvapilo mě, že se mu nelíbila i auta na tapetách. Možná ano, ale z těch dvou měl raději hvězdy.

„Ano, sundáme je a dáme je nad krb - tedy pokud ho koupíme," řekla jsem.

Přešli jsme do další ložnice, pokoje pro hosty, plného květin všech druhů, typů a barev. Na zadní straně dveří byly šablonami vyšité slunečnice.

„Velmi útulné," řekla jsem, když jsme se přesunuli po chodbě do posledního pokoje: hlavní ložnice. Napadlo mě, že dům takové velikosti by měl mít víc než tři ložnice.

August řekl: „Na pozemku můžeme vybudovat další pokoje, až z toho uděláme bungalov. Tolik místa se tu promrhá."

Prohlédli jsme si koupelnu, která byla také velmi zastaralá broskvová - i když tam byla lázeňská vana zdobená zlatými kohoutky a armaturami. A nad ní velké okno s obloukem nabízelo panoramatický výhled na něco, o čem jsme předpokládali, že to musí být zadní zahrada.

August vylezl na vanu a vzal mě při tom za ruku. Stáli jsme spolu, bok po boku a dívali se dolů na zahradu, když se objevily tři postavy. Po levé straně stál muž, ačkoli vzhledem k jeho postavě by si člověk mohl myslet, že je to chlapec. Jeho oděv zahrnoval klobouk s mašlí, plátěnou košili s volánky nad pasem, kabátec po kolena a kalhoty dokazovaly opak. Muže držel za ruku chlapec, kterému sako spadalo těsně pod pas, zatímco kalhoty se mu balonily u kolen, tmavé kadeře se mu rozlévaly zpod čepice. Trojici doplňovala žena, která držela za ruku dítě. Měla na sobě tlustý prošívaný kabát, který zakrýval její oblečení, a na hlavě spací čepec - jako by nečekaně vyšla do noci. Plné obličeje všech tří postav byly přeneseny na měsíc a hvězdy, buď to, nebo byly očarovány.

„Jsou skutečné?" Zašeptala jsem a držela se Augusta za rameno, ale než jsem to stačila doříct, tři páry očí se podívaly přímo na nás a současně vydaly výkřik tak vysokým hlasem, že to muselo probudit všechny psy v okolí. Ti tři řekli,

„Každý den se sem chodíme upalovat."

Zakryli jsme si uši, když opakovali svou sirénovou píseň, pak je pohltily plameny, které začaly u jejich nohou a postupovaly vzhůru, a brzy se jejich jekot změnil ve sténání, když se rozpadli na zem v hromádky popela.

Vykřikla jsem. A pak se stalo něco, co se nestalo za celé roky, co jsme manželé - August křičel taky.

Vylezli jsme z vany, seběhli po schodech dolů, proběhli kolem Judy a vyběhli předními dveřmi rychlostí, o které by dva staří dědci jako my nikdy nevěřili, že je možná. Nastoupili jsme do Judyina auta; řídila, když nám ukazovala nemovitost. Když nastoupila, rozjela se a při tom kvílela pneumatikami.

Když jsme se od domu dostatečně vzdálili, Judy věcně řekla: „Hned ráno vám sestavím seznam dalších domů, které si můžete prohlédnout. Najdeme vám ideální dům. Na trhu je spousta krásných míst, ze kterých si můžeš vybrat." Podívala se na nás do zpětného zrcátka.

Stále jsem se třásla a držela se Augusta.

„Chtěla bys mi říct, co jsi viděla?" Judy se zeptala.

„Copak jsi je h-neslyšela?" Zeptala jsem se.

Judy zavrtěla hlavou, že ne.

„Věř mi, ty jsi ta šťastná," řekl August. „Teď nás odveď domů. Zůstaneme na místě."

O domě jsme s Augustem už nikdy nemluvili.

VRAŽDA

Seděla jsem v autě - příliš jsem se bála vystoupit.

Zpoza tónovaných skel jsem to všechno viděl - tak proč se vystavovat nebezpečí? Proč riskovat infekci, když jsem chtěla jen trochu přírody.

Proč tedy nezůstat doma, mazlíčku? Slyšela jsem, jak se mě tvůj tichý hlas ptá v mé hlavě. Jako bys tu byl ty, seděl na sedadle spolujezdce vedle mě. Ty, který jsi byl můj zesnulý manžel Gerald - čtyřicet dva let ženatý, než ho COVID vyřadil. Ano, můj Gerald podlehl viru na samém začátku tohoto šíleného období našeho života. Ještě předtím, než to ti, kteří tvrdili, že jsou znalí věci, nazvali pandemií.

Dokonce i když bylo oficiálně potvrzeno, že Gerald byl vystaven a byl nakažen - nevěřil tomu. Podvolil se tomu, aby ho vyhodnotili, jen proto, že jsem ho přesvědčila, aby šel se mnou, víte, jak jsme si řekli v našem slibu v nemoci i ve zdraví. Byla jsem v blízkosti někoho, kdo se nakazil při dobrovolnické práci v potravinové bance. Nemusela jsem se nechat testovat, ale řekla jsem si, že je lepší být v bezpečí, než litovat, a dala jsem se do dobrovolné čtrnáctidenní karantény - aspoň jsme s Geraldem mohli být spolu.

Když přišly výsledky, Gerald ji měl a můj test byl negativní. Protože jsme si navzájem lezli do zelí, bylo pravděpodobné, že to mám taky, jen to bylo bez příznaků, takže do karantény jsme šli oba šťastně spolu jako celých pětačtyřicet let, co jsme se znali.

Byli jsme připraveni postavit se tomu společně čelem, pak mi řekli, abych se držel dál od svého Geralta, omezil kontakt - abych mezi námi držel dveře, nosil roušku, často si myl ruce - znáte to. Vzal jsem si pokoj pro hosty, Gerald měl náš pokoj. Přes zeď jsme si popřáli dobrou noc, stejně jako to dělali lidi na Waltonově rodině.

Jednou v noci, když nemohl usnout, jsem mu přes zeď zahrála několik refrénů písně, na kterou jsme tančili poprvé na střední škole, písně Make Me Do Anything You Want od A Foot in Coldwater. Broukala jsem si ji pro sebe, zatímco jsem sledovala dění venku. Pár metrů od nás žrala trávu skupina kanadských hus. Stáhl jsem trochu okénko, abych slyšel jejich štěbetání. Zhluboka jsem se nadechla a pustila dovnitř venkovní vzduch, ale ani čerstvý vzduch mi nezabránil vzpomenout si na další část, tu nejtěžší, kdy mi Geralda vzali a přijali do nemocnice. Nesměla jsem s ním do sanitky a šlo to s ním z kopce tak rychle, že jsem ho už nikdy neviděla živého.

Nejdřív jsem zavolala dětem. Samozřejmě jsou už dospělé a mají vlastní děti. Děti, kozy. Děti, to je samozřejmě to, co mám na mysli. Nejsem si jistý, kdy jsem se vrátil k běžnému popisu. Nejspíš proto, že tu není Gerald, aby mi to zakázal.

Naše děti nemohly přijet kvůli omezením společenského odstupu. Jejich oblasti byly zpátky na druhém stupni. Kromě toho riziko, že se sami nakazí virem, riziko, že ho přenesou na naše vnoučata, nestálo za to podstupovat. Tvářili jsme se načasované - za asistence laskavé zdravotní sestry -, ale Gerald nepromluvil. To už mu z očí zmizel úsměv a já to věděla.

Po pohřbu - kromě mě na pohřeb nikdo nepřišel - jsem nevěděla, co si počít. Po vyplacení pojistky to bylo ještě horší. Celý život jsme se škudlili a šetřili - a teď, když byl pryč, nebylo kam jít - ne, když pandemie číhala na každém rohu - a můj Gerald tam nebyl, aby se o to se mnou podělil, takže nemělo smysl tam vůbec chodit. Tolik peněz a já si nedokázala vzpomenout na jedinou věc, kterou bych chtěla nebo potřebovala, kromě Geralda.

Jak se blížil podzim a listí se začalo ohřívat, nesčetněkrát jsem na nějaký obzvlášť úchvatný strom nikoho neupozornila. A pak se na obzoru objevilo Díkůvzdání. Obvykle jsme připravovali rodinnou hostinu - s běžnými kanadskými pokrmy - jako dýňový koláč, brusinková omáčka, krocan, šunka, nádivka, bramborová kaše, zelenina a zelný salát. Gerald obvykle vyřezával ptáka, zatímco já jsem organizovala všechno ostatní. Pak jsme obešli stůl a každý, dokonce i malé děti, řekl, za co je v uplynulém roce vděčný. Vzpomněl jsem si na prohlášení malého Kevina, že je nejvíc vděčný za „Bampa" - dědečka. Geraldovy oči se ten den rozzářily jako slunce vycházející zpoza mraků po několikadenním dešti.

Dcera mi navrhla, abych „uspořádala" virtuální večeři na Den díkůvzdání. Měla srdce na správném místě, ale ten nápad byl absurdní. Sama bych si připravila televizní večeři s krocanem a jedla ji při sledování filmu Díkůvzdání s Charlie Brownem.

Takže zpátky k tomu, jak tu sedím v tomhle zatraceném autě se zataženými okny - bojím se vystoupit z auta. Jak tak bloudím očima po chodníku, zahlédnu Sonnyho a Evelyn Marshallovy, a než se stihnu skrčit - oni si všimnou mě. Míří ke mně. Slyšeli o Geraldově úmrtí a chtějí mu vyjádřit úctu a pro mě je už příliš pozdě na to, abych nastartovala auto a vycouvala z tohoto parkoviště.

Před autem mi teď v maskáčích Sonny ťuká na okénko, zatímco Evelyn jde kolem ke spolujezdci.

„Dobrý den," řeknu přes zavřená okénka. Zazvoní mi telefon. Ukážu na něj, abych jim dal najevo, že musím vyřídit hovor, a pak se podívám, kdo volá - na lince je Evelyn. „Ještě jednou ahoj," řeknu, když Sonny obejde předek mého auta, krátce se zastaví, aby se na mě podíval přes čelní sklo, a pak se přesune dál a připojí se ke své ženě.

Evelyn říká: „Slyšeli jsme o Geraldovi. Je nám to moc líto a chtěli jsme se jen zastavit a říct vám to. A taky říct, že kdybyste cokoli potřebovali, cokoli, zavolejte nám, prosím. Rádi bychom tu pro vás během této pandemie byli, jak jen to půjde." Sonny objal svou ženu kolem ramen.

„Jsem v pořádku," řeknu. „Děkuji za laskavou nabídku a za to, že jste se zastavili." Zavěsím a položím telefon v naději, že odejdou.

Sonny něco říká, což bych normálně věděla co, protože jsem docela dobrá v odezírání ze rtů, ale s těmihle maskami může kdokoli říct cokoli. On a Evelyn mi zamávají, když se vracejí na cestu, a odcházejí.

Dívám se, jak se spojují za ruce, jak se zmenšují a zmenšují. Když jsou pryč, přistane na kapotě mého auta černá vrána a dívá se na mě přes tónovaná skla. Stáhnu okénko a řeknu: „KUR!"

Vrána se ke mně přiblíží, načechrá si peří a odpoví vzdorovitým „KÁÁÁ, KÁÁÁ!".

Znovu stáhnu okénko a dívám se, jak se ta věc pohybuje po kapotě mého auta. Zanechává na mém zaprášeném autě ptačí otisky. Nastartuji motor a stříkám vodu na čelní sklo. Pták se ani nehne. Několikrát přejedu stěrači. Pořád se na mě dívá, vrtí hlavou a pak se vykaká. Zatroubím a dívám se, jak se to zvedá, vznáší, ještě jednou se pokadí, tentokrát zasáhne světlo, než se to rozletí směrem k vodě.

Skupině vran se říká vražda. Když Gerald zemřel na virus, který na naši planetu vypustil člověk, jeho smrt nebyla nazvána vraždou - i když by se tomu tak sakra říkat mělo.

Sáhnu do kabelky a vytáhnu masku. Jednu smyčku si provléknu pravým uchem a druhou levým. Ujistím se, že sedí správně, přes nos a pod bradou. Vystoupím z auta a vyjdu na sluneční světlo.

Hodná holka, houkne Gerald, když mi nad hlavou vytvoří kruh vražda vran a já vstoupím před jedoucí vozidlo.

SANS MASQUE

On stál na jedné straně místnosti a ona na druhé.

Oba byli oblečení - nebo spíš převlečení - tak vnímala jeho vzhled. Naleštěný bylo první slovo, které ji napadlo, ale něco na něm vypadalo příliš uhlazeně. Jako by chtěl, aby se do něj zamilovala víc, než už byla.

Alespoň se ukázal - i když odmítla udělat to, o co ji požádal, a tohle bylo jejich první osobní setkání.

Seznámili se přes seznamovací aplikaci. Na to není žádný zákon - zatím. Časem se mezi nimi vyvinul vztah. Své zprávy vždycky zakončoval emotikonem pulzujícího srdce. Ona se vždycky podepisovala „s pozdravem", jako by končila dopis. Byla nováčkem ve scénáři seznamovacích aplikací. ale s přísnými pandemickými zákony, jak jinak se měla s někým seznámit?

Po něco málo přes dva měsíce psaní zpráv a e-mailů ji požádal o osobní setkání. Neochotně souhlasila. Svým způsobem, kdyby se nikdy nesetkali, dokázala by si představit, že je vším, za co se vydává. Důležitější však bylo, že nechtěla vypadat příliš dychtivě nebo zoufale.

Dal si tolik práce, všechno zařídil, včetně místa, kam ji hodlal vzít. Zpočátku nemohla uvěřit svému štěstí. Zatímco čekala, až jí potvrdí podrobnosti, její emoce se měnily z nadšených na skeptické. Opravdu mohl rezervovat tak exkluzivní místo jen pro ně dva? Když jí napsal podrobnosti, vydechla a pak odpověděla emotikonem se smajlíkem. Její první z celého vztahu.

Poté se okamžitě vydala ke své skříni a odsunula zrcadlové dveře. Přehrabovala se v ramínkách, až našla své nejdražší šaty - ty, kterým říkala nóbl šatičky. Pojmenovala je tak na památku své zesnulé matky. Byla to napodobenina designového čísla, které si koupila na internetu, a její nejpyšnější módní majetek. Držela je proti sobě, dívala se do zrcadla a snažila se rozhodnout, jakými šperky je zvýrazní: umělými diamanty, nebo perlami? Rozhodla se pro to první.

Ráno v den velké události se probudila brzy, aby zkontrolovala doručenou poštu. Napůl očekávala textovku nebo zprávu, že musí akci zrušit. Popravdě řečeno, jedna její část doufala, že to zruší, ale její schránka byla prázdná a žádné textové zprávy nepřišly. Šla do kuchyně, aby si uvařila kávu, a pak se znovu podívala, jestli se neozval. Tentokrát se podívala i do složky s nevyžádanou poštou - i ta byla prázdná.

Po celý den se věnovala sama sobě. Nejprve dlouhou parní lázní a peelingem. Následoval lehký oběd. Znovu zkontrolovala, jestli nemá nějaké zprávy, a když žádné nenašla, pustila se do úpravy vlasů a pak si upravila nehty. Než se nalíčila, prošla si sociální sítě.

Když nenašla žádný důkaz o jeho nedávné aktivitě, obula si nejvyšší pár vysokých podpatků - ty, díky nimž její nohy vypadaly nejdelší. Líčení dokončila nanesením vrstvy rudé rtěnky v barvě cukrového jablka a postavila se před zrcadlo. Perfektní.

Až na jednu věc: její ladící spojovací kabelku. Přenesla si do ní telefon a platební kartu, pak se vrátila pro rtěnku a teď už byla připravená na všechno.

Když vyšla z domovních dveří a nasadila si masku, přijel taxík. Objednala si ho večer předtím, aby se ujistila, že nepřijede ani pozdě, ani příliš brzy. Chtěla, aby načasování bylo ideální pro jejich první osobní setkání.

***

Strávil den tím, že všechno překontroloval, jako to dělal při podobných příležitostech vždycky.

Těšil se, až se s ní konečně setká osobně. Na internetu vypadala plaše a naivněji než ostatní, se kterými si povídal. Vypadala tak nesměle, tak neskutečně, že mu rovnou odmítla poslat svou nahou fotku. Nahá, to znamená bez masky.

Než souhlasila se schůzkou, musel ji ujistit, že budou dodrženy zásady. No, ne jen dodrženy, per se, tj. nevyžadovala nic menšího než jeho osobní záruku, že nebudou rušeni.

Když padli vůdci po celém světě, vytvořila se mezinárodní vláda, aby zaplnila vzniklou mezeru. S Mezinárodní vládou v čele svět požadoval přísnější tresty pro nedodržující sociální distancování chuligánů. Nově zformovaná Mezinárodní pandemická asociace (I.P.A.) byla pověřena prosazováním zákonů o sociálním distancování s použitím jakýchkoli prostředků.

Po pádu světových vůdců se zvedla prudká vlna protestů veřejnosti. Sociální média byla zaplavena dezinformacemi. Lidé se dožadovali spravedlnosti a vyšli do ulic s transparenty a mírovými nápisy. Když se je nepodařilo umlčet a věznice se naplnily až po okraj, byly do zákona vepsány veřejné popravy.

Přes to všechno se mu podařilo udržet si své peníze a nebál se je použít, když mu to přineslo prospěch. Umazal si pár dlaní, aby mohl zamluvit místo konání, najmout personál a zajistit, že zůstanou nerušeně v klidu. Oko, které je v areálu pozorovalo - s tím nemohl nic dělat. Stejně jako kamery, které byly všude.

Jeho smoking byl vyzvednut a byl stále zabalený v igelitovém obalu, který měl na sobě cestou domů z čistírny. Byl v karanténě v garáži, dokud nebude potřeba. Opatrnosti není nikdy dost. Standardní doba pro karanténu látek byla čtyřicet osm hodin. Z opatrnosti byla v garáži ponechána celý týden.

Když byl zcela oblečený, poslední věc, kterou udělal, bylo, že si nasadil masku, než nastoupil do svého vozidla. V okolí byl malý provoz a parkování bylo snadné.

Chtěl, aby všechno bylo dokonalé.

Stejně jako doufal, že bude ona.

***

Vystoupila z taxíku na chodník a uzavřela mezeru mezi sebou a místem konání.

Na zemi na chodníku byl křídou napsaný vzkaz určený jí. Stálo tam: Miláčku, následuj mě. Usmála se a vydala se po stopě srdíček vyrytých na kamenech. Každou chvíli její prsty hledaly ujištění v masce, která jí zakrývala obličej. Byla teď jako další vrstva kůže.

Vstoupila do otevřených dveří a sledovala další srdce, která ji vedla chodbou.

Konečně dorazila s nadějí, že na ni čeká její pravá láska, spřízněná duše.

***

Na druhé straně místnosti se jejich oči setkaly. Ona ve svých černých šatech bez rukávů a on ve svém černém smokingu.

„Přišla jsi!" řekl silným souhlasným hlasem.

„Ano," odpověděla udýchaným šepotem.

Zpomalila tlukot svého srdce tím, že si prohlédla místnost. Jeho smysl pro detail byl dokonalý. Stůl byl prostřený pro dva, s nejlepším porcelánem, křišťálem a stříbrem. Stůl se táhl po celé délce místnosti. Uprostřed stál nádherný svícen, který vyzařoval romantiku.

„Posaďte se, prosím," řekl.

Posadila se na svůj konec a on na svůj. Než se rozhostilo nepříjemné ticho, zatleskal. Dveřmi, kterých si nevšimla, přišli dva číšníci. Oblečeni od hlavy až k patě do celotělových obleků, které by nevypadaly nepatřičně ani na Měsíci, přistoupili k nim. Rukama v rukavicích plnili flétny na šampaňské a jejich misky lehce konzumovali.

On cvrnkl příborem o stěnu své sklenice a ona udělala totéž. Na svatbách se tento rituál kdysi prováděl jako žádost, aby si novomanželé vyměnili polibek. Při pouhém pomyšlení na něj, na odhalení na veřejnosti, se zachvěla. V tomto novém pandemickém světě cinkání naznačovalo, že iniciátor chce pronést přípitek.

„Na vás," řekl a pozvedl sklenku.

„Na nás,“ řekla a zuřivě se začervenala, skrytá pod maskou.

Číšníci pravidelně přicházeli s podnosy. Po jejich závěrečném podání flambovaných třešní Jubilee se obsluha uklonila. To naznačovalo, že už se nevrátí.

„Kdybych tě tak mohl políbit,“ řekl hlasitěji, než by si přál, ale dost hlasitě na to, aby to vysvětlil svou maskou.

Tato jeho slova ji rozněžnila. Než si uvědomila, co dělá, vstala a políbila ho. Znovu se posadila a představila si, jak se polibek vznáší vzduchem po stole jako pírko.

Zachytil ho a přitiskl si ho na rty. „To nestačí,“ hlesl.

Znovu spustila židli. Tichem se rozlehlo škrábání.

Její vysoké podpatky cvakaly, jak přecházely podlahu. Klopýtala vzrušením, když se podél stolu vydala k němu.

Jak se k němu blížila, klimatizace jeho směrem zavála její sladký, sladký parfém. Do té doby byl svědkem pouze jejích korálově modrých očí a malých ušních lalůčků, pod nimiž byly zasazeny pásky masky. Srdce se mu rozbušilo tak rychle, že si byl jistý, že mu vyletí z hrudi. Aby se uklidnil, otáčel snubním prstenem na prstu a přemýšlel, jestli mu za to tahle dívka stojí. Byla pro něj dostatečná, aby riskoval porušení zákona? Zemřel by pro ni?

„Stůj!“ vykřikl a prudce zvedl ruku do vzduchu jako rozzlobený školní dozorce.

Stále v letu se kousala do rtů pod maskou.

Zajistil si masku na místě.

Když za ní zamrkalo oko ve stěně, zašeptal: „Zapomněl jsem se zmínit, že jsem ženatý?“

Dál se k němu hnala, když se za ním otevřely dveře.

„Zapomněla jsem se zmínit, že jsem z IG?" zeptala se, když ho dva muži ve skafandrech srazili taserem k zemi.

DĚKUJEME!

Vážení čtenáři,

DĚKUJI VÁM, že jste se rozhodli přečíst si mou knihu!

Děkuji také skvělým přátelům, rodině a týmu lidí, kteří mě a mé psaní v průběhu let emocionálně podporovali, stejně jako těm z vás (víte, kdo jste), kteří mi pomáhali s technickými věcmi, jako je korektura, editace a podobně.Bez každého z vás bych to vážně nezvládla.

Všem vám milionkrát děkuji!

S láskou,

O AUTOROVI

Cathy McGough žije a píše v kanadském Ontariu se svým manželem, synem, kočkou a psem.

TAKÉ OD…

FICTION

RIBBYHO TAJEMSTVÍ

EVERYONE'S CHILD

INTERVIEWS WITH LEGENDARY WRITERS FROM

BEYOND

PLUS SIZE GODDESS

THREE FRIENDS

NON FICTION

103 FUNDRAISING IDEAS FOR PARENT VOLUNTEERS

WITH SCHOOLS AND TEAMS

POETRY

PAINTING WITH WORDS

PLUS A SELECTION OF CHILDREN'S AND YOUNG

ADULTS BOOKS